新潮文庫

死にゆく妻との旅路

清水久典著

目次

死にゆく妻との旅路

現代道行考

髙山文彦（作家）

本書は能登《のと》に暮らす市井《しせい》の人によって綴《つづ》られた、亡《な》き妻への哀惜の手記である。人はその生涯において多くの場合、伴侶《はんりょ》を得る。そして多くの場合、最後は死によって別れを余儀なくされる。だから、なにも本書の著者だけが特別な経験をしたわけではないのだが、それでも私が、この手記の出版を長いあいだ待っていたのは、やはり特別な輝きをこの手記が放っているからだ。

はじめ月刊誌「新潮45」（二〇〇〇年十一月号、十二月号）に発表された手記は、私だけでなく、それを読んだ人の多くから出版を待ち望まれていた。あるとき私は気になって、手記を担当した編集者に、出版の予定をたずねたことがある。ところが、のっぴきならない事情が著者の側にあるらしく、当分のあいだ無理という答え。それで出版まで三年という時を待たなければならなかった。

いま世に出るにあたり、その月日が、豊かな恵みを著者にあたえてくれたことに感謝したい。出版を控えざるをえなかったことが、著者に新たな道行きを経験させてくれたからである。

妻を失ったあと、彼がたどってゆく道のりは、レンブラントの絵画を見るような厳粛な光と影にとりまかれていて、私の胸を静かに打った。最初の手記の段階では、著者には経験しようもなかった出来事が、そこには淡々と綴られていた。

妻の位牌《いはい》を胸に、真夏の工事現場で流す汗は、亡き妻への悔恨と喪失の悲しみから流れ出る慈悲の涙であり、焼けこげるような筋肉の痛みは、末期癌《がん》におかされた妻の激痛を、自己のなかに取り込もうとする隠徳の業《ぎょう》でもあった。

著者には酷《むご》い言い方かもしれないが、私にとって、新しくまとめられたこの手記を読む時間は、熟成した葡萄酒《ぶどうしゅ》をしみじみと味わうのに似ていた。

人によっては、冒頭に登場する刑事のように、著者のとった行動を異常と思うかもしれない。癌の摘出手術を受けたあと、医者から「早ければ三ヶ月で再発します」と突き放されているのに、その妻をなぜ長い放浪の旅に連れまわさなければならなかったのか。なぜ一度も病院に連れて行かなかったのか。

「病院へ行こう」

と夫は衰弱を深める妻に何度か言った。

「いやや」

と、そのたびに彼女は首を振る。涙を流す。

夫がつくるお粥《かゆ》を呑《の》み込めなくなって口からもどし、なにひとつ固形物を受け容《い》れられなくなってしまったというのに、夫が見るに見かねて病院へ行こうと誘っても、妻はなお「一緒にいられなくなるわ」と言い、「オッサンといられれば、それでええ」と言いつのる。

ひとまわり年上の夫のことを、彼女は「オッサン」と呼んでいた。なぜ彼女は、病院に連れて行ってくれ、と言わないのか。

肋骨《ろっこつ》の一本一本があらわとなり、骨と皮だけになって、再発した癌が腹を風船のように大きく膨らませていた。はげしい痛みに襲われていたにもかかわらず、なぜ一緒にいられるだけでいいと……。

夫は寝たきりになった妻の紙オムツを取り替え、果物の汁とアイスクリームを少しずつ口に運んでやる。鳥の雛《ひな》のように小さく口をあけて、妻はそれを迎える。ふたりはもう無言だったが、私にはそのやりとりが、ひとつの言葉のように思われた。

妻が死んだのは、それからまもなく、冬のはじめであった。看護も死も、すべて車の中でおこなわれた。放浪に出て九ヶ月が過ぎていた。

現代の夫婦の道行きは、どこか悲しく残酷に映る。添い遂げるという考えは、いまの時代にはほとんど無意味になったかに見えるが、しかしこの夫婦のように病院へ行かず、ひたすら放浪をくり返しながら、あたかも失われた自分たちの過去を生き直すような道行きも、たしかにあるのだった。そこでは妻の癌の痛みさえ、夫とふたりで生きていることを実感するために存在しているようだ。

むろん旅に出た当初の目的は、死を受け容れるためのものではなかった。夫は車を走らせながら、行くさきざきの町で職を探し、妻もまたそうしようと考えていた。つまり再生を期した旅だったといえるが、いつも死の影はついてまわる。

放浪のきっかけとなったのは、バブル崩壊後、この列島のいたるところでいまなお起きている悲劇を、著者がもろに被《こうむ》ったからである。著者は小さな縫製工場を経営していた。友人の経営者が金融機関から融資を受けるさい、頼まれて保証人になったことから、人生に狂いが生じはじめる。友人の資金繰りはあっという間に行きづまり、支払い不能となって、行方をくらましてしまう。それで矢のような催促が、著者に集まった。

自分でも融資を受けていた著者は、友人が借りた八百万円とあわせて返済を迫られ、新たに借金をかさねなければならず、保証人の数も増えつづけていった。しかし、金利分の返済が精いっぱいというありさま。そこへ折悪《おりあ》しく、税務署からも総額一千万円におよぶ納税を迫られて、保証人になってもらった親族からは、自己破産せよと突きつけられた。

悪いことは、ひとつでは終わらない。最低三つのことが束になって襲いかかってくる。著者の場合、三つどころではなかった。まず丹精込めた手作業を旨《むね》としていた自分の工場が、機械を導入したよその工場に食われ、それから低賃金で大量生産をおこなう中国の製品に取って代わられた。

著者の工場は見る間に傾いてゆき、友人の借金保証人、自己の借金、そして税金という三つの返済に迫られるようになる。税金をおさめるために、また方々で三百万、四百万と借金をかさねた。加えて著者の不運は、ちょうどそうした時期に、妻が癌の手術を受けたことである。しかも、手術の結果は最悪であった。早ければ三ヶ月で再発すると医者に冷たく言われ、それればかりか多額の借金を抱えた人間が、いったいこれからどうやって生きてゆけばよいのか。

答えはひとつしかなかった。

――逃げる……。

唐突にそんな言葉が頭に浮かんだ。

……逃げてどこかでひとみとやり直そう。落ち着くまで、いろんなところを一緒に見てまわろう。時間はない。ひとみはいつ再発するか、わからないのだから……。

――卑怯《ひきょう》と言われてもかまわんわ。

出来るだけひとみの側《そば》にいてやりたい、同じ時間を過ごしてやりたい。入院させたら、ひとみと離れ離れだ。わしは約束したじゃないか、ひとみをひとりにしないと……。

いったいこの日本に、住みなれた土地を離れていった中小企業の経営者夫婦が、どれくらいいることだろう。バブル崩壊後、毎年、自殺者は年間三万人を優に超えている。著者もまた自殺を考えたひとりだったが、そうさせなかったのは、幸か不幸か癌におかされた妻がいて、金策でひと月やふた月家をあける夫に、もうどこへも行かずに自分と一緒にいてほしい、と哀願したからだ。

惨劇が起きてもおかしくはない。妻を殺して、自分も死ぬ。妻を残して、自分は逃げる。妻を残して、自分ひとり死ぬ。この三つの選択が一般的だと思われるが、ふたりはどれも選ばず、ボニー&クライドよろしく逃走したのである。

私には、十九のときに夫と結婚したこの若い妻のことが、可愛《かわい》らしく思えた。癌の手術を受けたとき四十歳であった彼女は、それまで夫のすることにはいっさい口を挟まず、小言ひとつ言わなかった。さして利発そうな人ではない。娘をひとり産んだけれども、彼女は自分の娘に冷たく接した。死ぬまでそれを気にしていて、ほとんどひらがなだけの詫《わ》びる手紙を娘に残していった。

忙しく働きまわる夫、ときに長く留守をする夫、そのさびしさをわが子にぶつけていたのにちがいないが、工場では黙々と働く田舎育ちの健気《けなげ》な人であった。

その彼女が、夫に言われるまま放浪をはじめたとき、

「オッサン」

と山を眺めながら言う。

「これからは名前で呼んでほしいわ」

子供をもつ夫婦ならたいていそうであるように、著者はそれまで「お母さん」と呼んでいた。それを彼女は、「ひとみ」と呼んでほしいと言いだしたのだ。

私はこの一節を読んだとき、たまらなくなった。私は男だから、女の気持ちというものがわからない。女は妻となり母となっても、夫にたいしてこうまで女でいたいも

のなのか。二十年あまりにわたって黙って夫についてきた彼女が、人生の若すぎる晩年ではじめて口にした希望。それが「名前で呼んでほしい」ということと、「一緒にいたい」ということだった。

夫にも変化があらわれた。はじめは意識しすぎて名前で呼べずにいたが、四六時中ふたりきりでいるうちに、気がついたら自然に「ひとみ」と呼んでいた。いままで、どちらかといえば妻を顧みなかった夫が、名前で呼びはじめたら急に妻のことが愛《いとお》しくなってきた。

尊い真実はいつも外にボロを纏《まと》っているから、なかなか内側が見えにくい。

妻が死んだあと、夫は警察に逮捕された。容疑は「保護者遺棄致死」というらしい。

「あなたがちゃんと保護せんといかんかったんや。奥さんはそういう状態やったからな」

刑事はそう言って、手錠をかけた。

法律をかさに着る人は、滑稽《こっけい》なくらい大げさな容疑を夫にあたえたけれど、人間のこころの真実は、法律でひと括《くく》りにできるものではない。

思い出す事件がある。一九九六年春、こんなことがあった。

東京湾に突き出た江東区新木場の埋め立て地の一角に、三年半も停まったままの乗用車があり、そこでひと組の夫婦が暮らしていた。その夫婦が死体で発見されたのは、桜も散りきった四月半ばである。

検視の結果、夫は死後二週間、妻は死後一週間経《た》っていて、体は極度に痩《や》せほそり、栄養失調と寒さによる衰弱死とわかった。つまり餓死であった。

夫、六十八歳、妻、六十四歳。車内には毛布、ビニール袋にはいった着替え、タオル、傘、携帯用ガスコンロ、鍋《なべ》、醤油《しょうゆ》、マヨネーズなどが残されていた。所持金は十円玉が数枚のみ。車はタイヤがパンクし、ガソリンもはいっておらず、車検は三年まえに切れていた。窓には中が見えないように内側から新聞紙が貼《は》られていた。

一橋大卒の夫は運送会社で経理課長をつとめ、白百合《しらゆり》女子大を出た妻は近所の子供たちにピアノを教えていた。ごくふつうの恵まれた生活を送っていたのだが、夫が病気のために職を失ってから、暮らしむきが変わった。家賃未払いのため、住んでいた公団住宅を強制退去させられ、以来、自家用車の中で暮らしはじめたのである。

妻は夫に先立たれたあとも、じっとそばに寄り添い、一週間を過ぎて、やはり餓死した。ふたりとも自殺したわけではなく、相手を死にいたらしめたわけでもない。死因はたしかに餓死だったし、死んだ日もちがっていたが、私にはかぎりなく心中に近いと思われた。いや、これは心中だと思った。

　夫を看取《みと》ったあと、妻は自分だけ救われようとしなかった。亡骸《なきがら》のとなりにずっといて、なにを思っていたのか知るすべもないが、夫の極楽往生を願いながら、一刻もはやく夫のもとへ行きたいと、ただそれだけを祈っていたのではないか。水も飲まなかったのではないか。

　もし妻が生き延びていたとしたら、警察は本書の著者と同じ容疑をあたえなければならなかっただろう。

　著者もまた車の中に、この老夫婦とほとんど同じ家財道具をもちこんで暮らしていた。たったひとつ、ちがっていたのは、なけなしの五十万円をもって、来る日も来る日も漂泊の旅をつづけたことだ。

　七尾を出て京都、姫路、岡山、広島、鳥取まで足をのばし、神戸、西宮など関西方面をめぐり、こんどは進路を東にとって浜松、静岡を経て甲府に行く。富士山が美しい。

　これでひと月があっという間に過ぎ、能登のほうへもどろうとしたが、住みなれた七尾へは人目を憚《はばか》って帰ることができず、娘の嫁ぎ先のアパートにしばし憩《いこ》うと、すぐにまた旅に出た。

ふたりの旅はそれ以降、遠出といったらせいぜい琵琶湖《びわこ》くらいのもので、あとは富山や氷見《ひみ》といった故郷の周辺をぐるぐるまわる望郷の旅となった。

「ひとみ、あっちが能登や」

と、歩くことさえままならなくなった妻に語りかけながら。

私は読みながら泣き、ときどき「ふふ」と小さく笑い、自分の妻や子供のことが無性に愛しくなって、最後には晴々とした気持ちにつつまれた。

本書に紹介されている娘の手紙に励まされ、そうだ、そのとおりだ、と膝《ひざ》を打ち、

「お父さんはもう疲れてしまったかもしれないけど、今から始まるのです。私のお父さんはどこまでがんばれる人なのか、どこまで耐えられる人なのか」

という文面に、ああ、この本は、この娘の力で生まれたのかと知った。なるほどこの本は、夫婦の道行き、男女の道行きを語っているが、そればかりでなく、家族というものが最悪の状況におかれたとき、だれがどのような役割を果たせばいいのかを教えてくれている。

読んでいるうちに自分も一緒に旅をしているような気分になって、読み終えると著者が残した轍《わだち》の上に、草が生え、木が生え、花が咲いているように思われる。妻を失

った海辺には、こんもりとした森があらわれているように思われる。

私はうれしかった。著者が死を選ばず、生き延びて、悔恨と喪失のきわみから立ち直る「悲哀の仕事」を、苦行僧のように肉体を酷使することによって果たし、この本を世に送り出してくれたことに感謝したい。

死にゆく妻との旅路

序章　冬の日

——何でや。何でこうなるまでほっといたんや。

「ほっといたわけじゃあないですわ」

——奥さんの身体《からだ》が心配じゃなかったんか。

「もちろん心配しとったわ」

——じゃあ何で。

「はい」

——何で、病院へ連れて行かなかったんや。

「そりゃあ、わしだって」

——何や。

「連れて行きたいと思っとったですわ」

——そうやろが。こんな寒い季節や。

「ええ」

——雪も降ったやろ。

「はい」

——奥さんやて、かわいそうやないのか。

「わかっとります」

——じゃあ何で。どうして病院へ行かんかった。

「けど、お金の問題も絡《から》んどるし」

——金がなかったんか。

「いえ」

——あったんか。

「ええ」

——いくらや。

「十万くらいは持っとりました」

——十万持っとったんか。

「けど、それじゃ足りんと考えました」

——しかしな、金の問題やないやろ。

「そうですわ」

――何やて。

「わしもそう思ってましたわ」

――どういうことや。

「わしも金の問題じゃないと思ってました」

――そうとわかってるのに、何で病院へ行かんかったのや。

「わしもそうしたかったですわ」

――病院へ連れて行くのは義務やろが。

「わかってます」

――第一、そのほうが安心やろ。

「そりゃそうですわ」

――医者に診てもらえるんやからな。

「はい」

――だから亡《な》くなる前に連れて行くのが、人間として当たり前のことやないのか。

「わしだってそう思っとったわ。そうやけど」

――そやけど何や。

「女房《にょうぼ》が嫌や言うたんですわ」

——奥さんがか。

「ええ」

——あんな状態で嫌や言うてたんか。

「わしが連れて行こうとするとな」

——だから言うて、お前、そういうわけにもいかんやろ。

「わかっとりました」

——じゃあ、何で。

「どうしても我慢できん言うたら、当然、そうしよう思うてました」

——そうやなくても、やっぱり連れて行くべきやったろうが……。

わかっとる……。

私は胸の中で、そう繰り返してばかりいた。

わしだってどうでもええと考えていたわけじゃない。何度も何度も言うたんや……。

「女房は今、どういう状態になっておるんですか」

——警察のほうで預かっとる。心配せんでええ。

わしは葬式だけでも出してやりたいんや……。

こんな所にいる場合じゃない。ひとみを弔ってあげなくては。ひとみはどうしているだろう。どこに置かれているのだろう。

夕方、兄貴の家で別れてから会っていない――。

「警察には言わんといかんじゃろう」

突然、車で訪ねた私を前に、兄貴もうろたえていた。

「放《ほ》っとくわけにもいかんやろ」

兄貴と会うのも、およそ一年ぶりだった。

「どこで何をしてたんや、借金もほったらかして」

本来、そう激しく責められるはずだった。しかし、その話は後回しになった。兄貴は急いで家の中へ戻っていった。

「ああ、わしやけどな」

兄貴は叔母に電話をしていた。

叔母は金沢に嫁いでいた。妻の手術の際、世話になって以来、会っていない。私は電話のやり取りを、玄関で立ったまま聞いていた。

「もしもし」

続けてかけたのは警察だった。

「そのままにしておかんといかんのですね」

兄貴の声を背中に聞きながら、私は車に戻った。

――この車でよう走ったわ。

私はしばらく、車を前に立っていた。玄関から漏れる灯りが、車の輪郭をかろうじて浮かび上がらせていた。

紺色のマツダのボンゴ。ワゴン車の小さな窓に手を触れた。顔を近づけ中を覗《のぞ》く。暗くて何も見えない。運転席にまわる。背中をまるめ、後部座席に身体ごと向いた。

そこにひとみがいる……。

窓から射《さ》し込む薄明かりが、仄《ほの》かに照らし出す。白い布団《ふとん》を肩まで被《かぶ》り、妻はそこに横たわっていた。

――もう病院へ運ばんで、ええんか。

私はそんなことを繰り返し思っていた。

パトカーが到着したのは、三十分もそうしていた頃だった。

警官たちは慌《あわ》しく動き始め、私は何をするでもなく、車の近くでそれをぼうっと眺めていた。

冬の夜。

闇《やみ》の中に、乾いた光が閃《ひらめ》く。ワゴン車の中でフラッシュが焚《た》かれ、暗がりが一瞬、光った。

——これは事件になるんか。

そんなことを漠然と考えた。

私は促されるままパトカーに乗り、警察署に向かった。後ろを私のボンゴがついてくる。

あそこにひとみが乗っている……。

真っ暗な夜道。ボンゴのヘッドライトだけが煌々《こうこう》と、強い光をこちらに送っていた。

私は眩《まぶ》しさに目を細めながら、振り返っていた。

「ここに降ろすのがええ」

警察署のガレージの隅に、警官たちが青いシートを敷いていた。妻はまだ、車の中だ。

「上で取り調べるから」

刑事が言う。

私はガレージで作業する警官たちの様子を遠くに見ながら、警察署の玄関をくぐっていた。

「わしには理解できんな」

刑事が言った。

「わしだったら、何はともあれ病院や。そうやないのか」

私より幾分、若い。まるで私を叱《しか》るように、強い口調で言う。

「わしもそう思いますわ」

私は正直に答えていた。

「だったら何で、何で病院へ行かんかったんや」

休憩を挟み、私は取り調べ室で何度も何度も同じことを訊《き》かれていた。しかし、何か言えば言うほど気持ちとは離れたことを口にしているようで、辛《つら》くなっていった。

――病院、病院言うけどな……。

刑事を前に、私はひとり思っていた。

――病院に連れて行けばそれでよかった、いうもんやないやろが。

私は刑事の前では段々、無口になっていた。しかし、頭の中では言いたいことが駆け巡る。堰《せき》を切り、溢《あふ》れるように広がっていった。

――わしとひとみの気持ちいうもんがあるやろうが……。

刑事にはもう理解を求める気がなかった。

――最後まで一緒にいてやりたかったんや。

私は俯《うつむ》いたまま、刑事の半ば説教を聞かされ続けた。

夜中の二時になり、私は逮捕状を示された。

「ホゴシャイキチシ」

刑事の口から出た言葉は、聞いたこともないものだった。

逮捕状は薄っぺらい戸籍謄《とう》本《ほん》のような用紙だった。罪状と私の名以外はタイプで打たれていた。

〈保護者遺棄致死〉

私の名の横にそう書いてあった。

「あなたがちゃんと保護せんといかんかったんや。奥さんはそういう状態やったからな」

傍らの刑事が説明する。

「それはあなたの義務なんや」

刑事はそう言うと、手錠をかけた。

――それはそうなんやろ。刑事が言うてることはわかる。けどな……。

手錠が冷たく重く、手に伝わる。

形式上病院へ行ってどうするんや。医者が「もう面倒は見られません。家へ帰して下さい」言うたらどうなるんや。病院へ行って生かされてるだけっちゅうのも、違うやろうが……。

私は何も言いはしなかった。黙ったまま、刑事の説明に頷《うなず》いていた。

廊下に出ると冷気が漂っていた。私は両脇《りょうわき》を抱えられ、同じ階の留置場に連れて行かれた。

看守が鉄格子《てつごうし》のついた重そうな扉を開く。長い蛍光灯が二本、瞬《またた》いていた。細長い、狭い部屋だった。

「頭をこっちに向けて寝て下さい」

薄い布団を敷いていた私に、看守が声をかけた。

「女房はどうしてるんでしょうね」

「僕はちょっとわからんわ」

毛布を二枚重ね、私は横になった。

――ひとみはどうしているだろうか。

目を瞑《つむ》る。天井を見る。時々、寝返りをうつ。

——ひとみは解剖にまわされるんやな。

あんなに嫌がったのに、結局、病院へ行くことになるんか。もう、痛みを訴えることが出来ない人間であるにしろ、今更、切り開くことはないじゃないか……。

「すまんかったな」

言葉が口をついて出る。突然、視界が澱《よど》んだ。

「ひとみ……」

涙が溢れて止まらなかった。

三日後、私は留置場から空を眺めていた。

「葬式はあさってや」

前々日、面会に来た弁護士が、ガラスの仕切りの向こうでそう言っていた。

空が少し見えるだけの小窓。鉄の格子の向こうに、薄い雲が広がっている。

「そろそろやろか」

灰色のコンクリートの壁。冬の日の冷たい空気が、四方から伝わってくる。

そこだけ切り取った四角い空。小さな小さな四角い空——。

その空に向かい、手を合わせた。
そして私は、この一年数ヶ月の日々を振り返っていた。
もう戻れない、妻との旅路を……。

第一章　一緒に——西へ

一九九九年三月五日——。

その日、午後一時を過ぎた頃、私はひとり、車で北陸道を北上していた。妻を迎えに行くためだった。

「何の成果もなかったわ」

紺のボンゴ、その運転席で私は何度も呟《つぶや》いていた。山間《やまあい》のアスファルトの道。冬の鈍い陽射《ひざ》しが落ちている。身体《からだ》の節々が痛む。

「時間切れやな」

借金に追われ、ひとりで仕事と住居を探して車を走らせたものの、徒労に終わっていた。七尾を出たのは年末のことだ。それから早くも、二ヶ月以上が経《た》っていた。

「この日までには何とかしたかったんやがな」

翌日は私と妻の結婚記念日だった。

妻は覚えているだろうか。七尾へと戻る道すがら、私は思った。

二十二回目の結婚記念日……。

「いい加減やな」

妻の声が、聞こえるような気がした。

「すぐモノで済ませようとするね」

プレゼントを渡そうとするたびに、そんなことを言っとった……。

嬉《うれ》しいくせに、妻は私を困らせるようなことばかり口にしたものだ。

私がとぼけていると、「今日はねえ」と言いかける。私だって、その日を忘れたことはなかった。目に付いたセーター、ファッションリング、まだ若い妻の好みを想像しては、毎年、何かしら用意していた。

——結婚指輪はなくしたんじゃったな。

妻はそれを風呂場《ふろば》で流したと慌《あわ》てていた。

ファッションリングはずいぶんあげた。全部で四つくらいあったんじゃないか。七尾に向け進みながら、私は数を数え、その時々の出来事を思い出していた。

七つの尾根が連なる町——。

その町名の由来をそう聞いたことがある。山に囲まれ、穏やかな湾が広がる、能登半島、中程の町だった。

「退屈や、金沢のほうがええわ」

越して来た時、私は二十四だった。まったく、その町に馴染《なじ》めなかったものだ。夕方七時になれば、店のシャッターが下りる。それまで金沢に暮らした私は、派手なところに遊びに行きたかった。

「二、三年の我慢や」

よく自分に言いきかせた。

私は勤めていた縫製工場で紹介されたアパートに住み始めた。数年いるだけのつもりだった。それがその後、結婚し、独立して工場を始めてからも、暮らすことになった。

——もう二十七年も経ったんやな。

見慣れた町並みが、窓の外に近づいてくる。

二ヶ月少し経っただけなのに、ずいぶん久しぶりの気がする。丘の上の高校、総合病院の白い建物、閑散とした小さな商店街。風景は変わることはなく、窓の外を過ぎて行く。

娘のアパートで、妻は待っていた。

「結局、仕事は見つからなかったわ」

自分の声が、言い訳がましく聞こえた。

「住むところもや」

「どこでもええって」

妻はいくぶん、血色もよくなっていた。

「調子はええんか」

「ええよ」

「ほんとか」

私はまだ躊躇していた。妻は手術後、まだ三ヶ月も経っていない。身体の具合が完全に良くなるまで養生したほうがいい。約束した通りに迎えに戻ったものの、私は決めあぐねていた。

「オッサン……」

十一歳年の離れた妻は、私をそう呼んだ。

「何や」

「一緒にいられるんだったら、それでええ」

明るい声だった。妻は笑いながらそう言った。

「仕事が見つかるまで車の中での生活になるけど、それでもええんか」

「ええよ」

まだ四十一になったばかり。五十代の私とは違い、体力の回復も早いのか。妻は少しずつ体調がよくなっていると繰り返した。

布団《ふとん》を車の後ろに運ぶ。着替えも積み込んだ。時間はあまりない。地元だから、人の目も気になる。

妻は娘と何か話していた。孫娘を抱き、嬉しそうだ。孫はまだ一歳だった。

「じゃあ、行くわ」

娘が手を振る姿がバックミラーの中で小さくなる。妻が何度か、振り返る。

午後三時過ぎ、私と妻は娘夫婦と孫に見送られ旅立った。


七尾から金沢、小松……。

窓の外を北陸の冬の景色が流れていった。夕方、県境を越える。やがて日が暮れた。

真っ暗な道を進む。闇《やみ》の中を行く。右手、遥《はる》か先を、北陸本線の窓の灯りだけが、音もなく横一列に過ぎていった。私は福井市内にある健康ランドの駐車場に、車を入れた。

「お母さん、いろいろ迷惑をかけたな」

暗がりの中、私は妻と向き合って座った。頭が天井に付きそうだった。

「すまんかったな」

ワゴン車の後部座席で、私は妻に詫《わ》びた。

「親戚《しんせき》から借りた金も、何らかの形で返していかな」

私は湧《わ》き上がる記憶を必死に押さえ込み、妻に語りかけた。

「明日から仕事を探そうや」

おとなしくしている妻を前に、私は同じことばかり言っていた。

駐車場の隅に立つ街灯の瞬《また》きだけが、朧《おぼろ》げに私と妻の影を照らす。

車内を明るくすると外から見える。ルームライトは消していた。妻の表情はよくわからない。吐く息だけが白く見えた。

食事は途中、レストランで済ませた。

「最後の外食やな」

私は妻にそんなことを話していた。妻は静かに口を動かしていた。私は一方的に喋《しゃべ》っていたようで、何を注文したか、覚えがなかった。

「五十万ほどあると思うわ」

私は封筒に入った全財産を、テーブル越しに妻に渡した。

夜になり、あたりは冷え込むばかりだった。暖房をつけていても、車外から冷気が近づいてくる。

「お母さん、入ってきたらええ」

私はいいから、お前だけでも風呂へ入ったらどうか、健康ランドを選んだのはそのためだ。私は何度も妻に勧めた。

「暖まるから」

「ええって」

これからなるべく、節約しなければいけない。仕事も住居もまったく当てがない。だから初日だけでも、少し贅沢《ぜいたく》をしてほしい。ささやかな、妻へのサービスのつもりだった。

「オッサン……」

「何や」

「またいなくなると違うか」

妻がぽつりと口にした。

「車を離れるのは心配や」

妻はまだ私を信用していなかった。

「大丈夫やて、もう離れ離れにはならん。わしがずっと面倒みるて」

五ヶ月ほど前の秋、私は妻に何も告げずに、ひとり行方をくらませたことがあった。借金が膨れ上がっていた。私は金策のため車で出掛け、そのまま放浪はひと月続いた。妻はその時の心細さを忘れていない。

「ほら、寝るよ。安心せえて」

私はそう言い、座席を倒した。

ボンゴの後部シートはベッドになった。七尾で積み込んだ荷物を車の尻《しり》のほうに重ね、空いた荷台に一組の布団を敷いた。

私は布団で寝るのも二ヶ月ぶりのことだった。それまでは同じ場所で、ひとり毛布に包《くる》まるだけの日々を送っていた。

「新婚以来やな」

私は冗談めかして言った。

七尾のアパートでは寝室は同じだったが、一緒の布団で寝たことはほとんどない。結婚して間もない頃、何度かあった程度だ。

「ふたりで寝るのは窮屈や。寝られんわ」

私はそう言っては、いつも妻と離れて休んでいた。

「お母さん、狭くないか」

妻は黙ったままパジャマに着替え、布団に入る。

「寒くないか」

「平気やよ」

「ほんとか」

「大丈夫やて、オッサン」

すぐ隣に妻の顔があった。妻の息を感じた。

久しぶりに間近で見る妻の顔は、やつれていた。私は冷静さを装《よそお》って、妻に話しかけた。

「これから少しでも、仕事が見つかるとええな」

とりあえず京都に向かおう。姉ともう一度、話もしたい。途中、通る町の職安に必ず寄って行こう。ひとつひとつ全部、見てまわろう……。

妻には繰り返し、そう言った。でも私は同時に別のことを考えていた。

——あちこち名所を見せてやるんや。

妻には黙っていた。

それまで北陸三県を二度にわたり、私は都合三ヶ月、職安をまわっていた。氷見、高岡、新湊《しんみなと》、滑川《なめりかわ》、魚津……。富山県内ではすべての職安をまわり、新潟との県境まで行っている。小さな町から大きな市まで、軒並み当たっていた。

しかし、その間、仕事はまったく見つからなかった。

「お母さん、仕事、あるとええな」

時折、車が通り過ぎる気配がした。

「お母さん……」

妻のたてる寝息が聞こえた。静かな、落ち着いた寝息だった。私は子供のようなその寝顔を、薄明かりの中、見つめていた。

「ひとみ……」

そっと呟いてみた。

遠くで車のエンジン音が低く響く。私は寝付けずに、ひとり起きていた。

目を閉じると、再びあの光景が蘇《よみがえ》る。

白衣の医者、鈍く光る銀の皿、赤い肉の塊……。

「早ければ三ヶ月くらいで……」

医者の声がこだまする。それはだんだん大きくなっていった。

私は睨《にら》むようにして、灰色の天井をいつまでも見ていた。こめかみを涙が伝った。

妻は麻酔からまだ醒《さ》めてはいなかった。

一九九八年十一月二十七日――。

妻と旅立つ三ヶ月半ほど前、私は七尾の病院にいた。

窓の外に、能登の冬の景色が見えた。曇り空のもと、焦《こ》げ茶色《ちゃいろ》の木々が揺れている。枯れ葉がくるくると風に舞う。私は目を逸《そ》らし、姿勢を正した。

小さな窓越しに妻の寝顔が見える。よく眠っているようだ。柔らかそうな布団に包まれ、胸のあたりが静かに上下していた。

私は隣の小部屋で医者を待っていた。

医者は着替えもせず、手術着のまま現れた。手には銀色の皿を持ち、私に示した。初めて見るそれは、十五センチほどの血の塊だった。見たこともない色をしている。完全に腐っていることは、私にもわかった。

――炭を焼いた跡のようだ……。

奥は黒ずみ、まわりは灰のようにガサガサだ。水気どころか、湿った感じもない。

私は牛の糞《ふん》を思い浮かべていた。

医者はメスを手にした。私の目の前で切り開く。

「ほら、こんなになっている。もう治らないですよ」

そう断言しているようだった。

――残酷なことをするもんや。

私は医者の手許《てもと》を、黙って見つめていた。隣にいた娘も無言だ。

人間の中身だとはとても思えない。これじゃ何の役にもたたないだろう。素人目《しろうとめ》にもはっきりとわかる。

それは妻の身体《からだ》から切り取ったばかりの大腸だった。

私は大腸というのは太いマカロニのようなものだと想像していた。腫《は》れぼったい肉の塊を目の前で見せられても、なかなか理解ができない。妻の身体の中にあったといわれても、納得がいかない。

人間の身体というのは肌色とか黄色とか、そういう色じゃないのか。どこか他から持ってきたんじゃないか。でもこんな状態の部分をカットしたのだから、もう妻は大丈夫なんじゃないのか。だいたい妻はまだ四十の若さだ……。

医者の説明を受けている間、とりとめもなく思いが巡る。

「大腸癌《がん》です」

医者ははっきりと言った。

どれくらいの進行状況だとか、どう治療するだとか、そういう話はなかった。いや、実際は話の中で間接的に触れていたのかもしれない。ただ、私も直接、医者に質問したわけではなかった。

「また再発するかもしれん」

私が分かったのはそれだけだ。

「早ければ三ヶ月くらいで……」

医者が最後に付け足した言葉だけが、耳の中でいつまでも響いていた。

「お母さん、温泉場なら夫婦で住み込みの仕事があるんじゃなかろうか」

妻と七尾を出て二日目、私たちは加賀温泉に立ち寄っていた。

「あるとええな、オッサン」

「きっとあるさ」

福井から北に二十キロほど行ったところに加賀温泉はある。手前から山中温泉、山《やま》代《しろ》温泉、片山津《かたやまづ》温泉。職安はその入口にあったはずだ。

「このへんやったと思うわ」

富山や金沢ほど頻繁にではないが、私はもう何度か来たところだった。

「オッサン、私も行くわ」

妻は車でひとり待つのは嫌だと言う。一緒に見ると言っては、職安の中まで従《つ》いて来た。自分も働く気でいる。

「お母さんは無理せんでええから」

妻を止めることまではしなかったが、私は妻に働かせる気はまったくなかった。妻はまだ、車の運転も許可が下りていない身体だ。妻に仕事はさせられない。

「オッサン、これ、どうかな」

時々、妻は私に求人ファイルを見せに来る。私が感想を口にすると、また戻ってイスに腰掛け、ファイルをめくっている。

時折そうしたやり取りがあるだけだった。一緒にいるのに、どこか距離を感じる。私と妻は少し離れた場所で、それぞれに仕事を探していた。

――ずっと、ずっとそうやった……。

妻の痩《や》せて小さな背中を見やり、そう思う。

――辛《つら》い思いばかりさせたやろ、わしの責任や。

妻にどう接すればいいか、わからない。

――とにかくや、とにかく今は仕事を見つけることや。そうすれば、きっと……。

様々な感情が頭をもたげ始める。私は再び、ファイルに目を走らせた。

――どこも不景気やな。

パチンコ屋なら夫婦で住み込みの仕事があるんじゃないか、観光地なら仕事があるんじゃないか、縫製なら腕に自信もある……。

しかし、求人は女性ばかりだった。まして中年の夫婦ものなど、なかなか雇うところもない。

――わしだけでもなんとかならんか。

住み込みでなくても、最初のうちは車での生活をしながら通ってもいい。不便は仕方がない。妻と一緒にいられれば何でもいい。理想は言わない、私だけでも仕事があれば何とかなる……。

そこまで考えていたが、これではどうしようもない。その翌日は福井の職安に寄ったが、結果は同じだった。

――とりあえず、立ち寄っただけやから。

仕事があるか、確認しているだけだ。まず、様子を知りたかったんや。すぐに見つからなくてもいい。そのうち落ち着ければいいんだから……。

　私はそう思うようにしていた。

「ゆっくり探せばええがな」

　立ち上がり、妻の背中に声をかける。私の焦《あせ》りを悟られないように、努めて明るく。

「大丈夫やて」

　妻が黙ったまま頷《うなず》く。次の町を訪ね、職安を覗《のぞ》く。

　三日ばかり福井近辺をまわった後、私たちは京都の姉のところへ向かった。

　姉の家に着く手前、道の途中に大きな寺があった。

「立派なお寺さんやな、オッサン」

　散歩を兼ねて境内を歩いた。妻と並んで賽銭《さいせん》をし、手を合わせた。

「何を祈ったん」

　妻が尋ねた。

「旅の安全やよ」

　私は妻に笑いかけた。しかし、私がお願いしたのは、違うことだった。

　――再発しませんように。

　私が願ったのはそれだけだ。

車に戻り、姉の家に向かう。突然訪ねて来た私たちを前に、姉は言った。

「帰ったほうがええ。親戚《しんせき》にも迷惑かけとるし、自己破産の手続きを終わらせたほうがええ。第一、みな心配しとるから。悪いことは言わん、そうせい」

三つ年上の姉はそう諭した。

姉は二十年前に京都に越していた。スナックを切り盛りしている姉と工場を経営している私は、話が合った。時々電話で相談する仲だった。

兄貴も心配して電話をかけてきたという。私と妻は一晩世話になり、姉の勧め通り兄貴の家がある津幡《つばた》に車を向けた。津幡は金沢の北隣、私が育った町だ。

京都から敦賀《つるが》を通り福井へ戻る。

道の両側にはずっと田畑が続いていた。茶色に汚れた雪がところどころに残っている。左手を北陸本線が行く。私たちと平行して、薄い臙脂色《えんじいろ》の車体が走り去った。

妻は外を見つめていた。私たちは会話を交わすこともなく、景色だけが流れていった。

――みんなに迷惑かけたわ。

窓の外に時折目をやりながら、私は親戚の顔を思い浮かべていた。

それは妻が手術をすることになる、少し前のことだった。

一九九八年十一月下旬、金策に失敗した私は一ヶ月間の放浪の末、実家に戻っていた。

妻は取り立てが来るからと、ひとりで七尾にいるわけにもいかず、私の実家にやっかいになっていた。私がようやく戻った頃、実家には甥《おい》や義弟、そして義兄が集まり始めていた。

「自己破産せえ、仕方ないわ」

兄貴は繰り返し、私に言っていた。私よりひとまわり上、どうしても子供扱いになる。幼い頃、一緒に遊んだ記憶もない。「お前は駄目な奴《やつ》じゃ」、頭からそう決め付けられていたものだ。

「金を借りれば、まだ何とかなるやろ」

そう言っていたのは義兄だった。もう一人の姉の夫、私の借金の保証人の一人だった。

借金の取り立ては、私がいない間に激しくなっていた。当事者がいないから保証人のところへ来る。その催促の執拗《しつよう》さに、みな苛立《いらだ》っていた。

五年前、私は知人に頼まれて、融資八百万円の保証人となっていた。彼は食品製造の事業を拡大する予定だった。

「店が大きくなれば、そりゃあええことや」

私は気軽に引き受けた。

私は応援したかった。私だって工場をやっている、会社経営の苦労は痛いほどよくわかる。少しでも力になれればと考えていた。手続きが簡単ということもあり、私も同じローン会社から金を借りた。

ところが彼の資金繰りは、あっという間に行き詰まる。支払い不能となり、その後、行方をくらませた。

彼に名を貸していたのは、他は年金暮らしの身内だった。取り立ては私のところに集中し、穴埋めの必要に迫られた私はさらに借金を重ねた。私の保証人の数は増え続けるだけだった。

加えて二年ほど前から、私の工場自体が赤字続きになっていた。ひと月二十万から五十万円程度だったが、おかげで借金の返済が滞り始める。金利だけが膨らんでいく。いつのまにか私は、金利分だけ返しているような状態に陥っていた。何のために働いているのか、私はわからなくなっていった。

税務署から増額更正の知らせが来たのは、ちょうどそんな時だ。

私は工場の売り上げが、三千万円以下となるよう申告していた。それ以上の場合、年百二十万円の消費税がかかるからだった。

請求は五年前に遡《さかのぼ》ってのものだった。消費税が五年分で六百万円。それに伴い、事業税二百万円。そこに保険料百五十万円の滞納分も加わった。毎年払っていれば何とかなる額も、いっぺんに来たから大きい。

重加算税が課せられ、私は一千万円ほどを税務署に納めなければならなくなった。

すべてが綻《ほころ》んだ。

私は三百万、四百万と方々で借金を重ねた。保証人としての借金に加え、私自身も首がまわらなくなっていった。

――自己破産いうたら、自分だけ楽になるようで嫌やな。

もうどうしようもないというのに、私はその決心がつかない。田舎のことだ、人間として認められなくなるような気すらしていた。

――とにかく自己破産は嫌や。

金利すら返せなくなっても、私は踏ん切りがつかなかった。

「だいたいな、何でいなくなったんじゃ」

親戚の言葉に、私は現実を突き付けられる。私の変なこだわりなど、つまらないことだ。それは私もわかっている。そして金策にも失敗した。状況は悪くなるばかり、進展があるわけもない。帰ってきた私を、親戚は口々に責めた。

「どうするつもりだったんじゃ、奥さんひとり置いて」

「借金の取り立てが来るんやぞ。隣近所も、もう知っとる。まったく恥ずかしいわ」

それぞれの言い分を、私にぶつけてきた。

「自己破産しかないのじゃないか」

もちろん、結論はそこに落ち着いた。

一通りの議論が終わり、一時間も経《た》つと何となく解散。私はその間、反論もせず黙っていた。親戚に申し訳ないと思っていたからばかりではない。それよりも妻のことが気になっていた。

ひと月ぶりに見た妻の顔色は明らかに異常だった。

——心労やろか。

一瞬、私もそう疑った。

行方も告げずに家を出て、その間も連絡をしなかったからか。まわりもそう言い、私を責めた。でも、長年一緒にいた私にはわかる。疲れなどとは違う。顔色がいいとか悪いとかいうレベルではない。

「何か背中が痛いわ」

親戚が去り、ふたりになると妻はそう言った。ソファーに寄りかかり、後はずっとそんな状態だった。

「何年かかろうと金は返す」

「前向きにやっていこうと思っとる」

私はそんなことばかり、妻に話していた。もちろん、具体的な方策は何もない。

妻に話しかけるたびに、その顔色が気にかかる。精気がまるで失《う》せている。

――何かの病気やろか。

不安を打ち消すように、同じ科白《せりふ》を何度も何度も繰り返した。

「何とかなるやろて。借金のことは心配せんでええ」

妻はそのことについては何も言わなかった。私を責めることさえしなかった。俯《うつむ》いたままおとなしくしている。私もその様子を見て、事情を事細かに説明しようとは思わなかった。

私の話に間が空くと、妻は言葉を口にした。ぽつりぽつりと、時々話した。

私がいなくなって三日後、捜索願を出していたことを、私は知った。そして、妻は友人と一緒に富山を訪れ、私を捜してもいた。

「フィリピンパブも見に行ったわ」

妻が静かに言った。私はいつの間にか、言葉を継ぐことが出来なくなっていた。静寂の中、妻の声だけが響いた。

私は借金のことを細かく話していなかった。妻は、私が突然いなくなった理由を想像出来なかったと言った。私の女性関係を疑っていたようだ。

「女の子のことで崩れるような人ではないよ」

友人はそう慰めたという。妻は店の様子を少し見て、七尾に帰っていた。

しかし相変わらず妻は、感情を露《あらわ》にするわけでもなかった。

「どこかへ行くのなら、一緒に連れていって欲しかったわ」

怒るでもなく、泣くでもなく、妻は呟《つぶや》いた。

「ひとりは嫌やよ、オッサン」

私の中で、何かが震えた。

――あれからもう三ヶ月以上や……。

あんなに諭されたものの、自己破産の手続きは、結局、放ったままだった。兄貴たちにはその後、連絡すらしていない。

京都から津幡の兄貴の家に向かう。その道すがら、私は相も変わらず逡巡《しゅんじゅん》を繰り返していた。

私はまだ足掻《あが》いていた。妻の手術後、仕事と住居を探し、先日まで再び家を出ていた。しかし、もうそれも叶《かな》わなかった。成果のないままに、妻を迎えに七尾に戻った。そして今、妻と旅立ったものの、結局こうして引き返している。

――やっぱり戻って、親戚の世話になるしかないんか。自己破産するしかないんか。

運転席から早春の日本海が見えていた。加賀からは海沿いの道が続いている。私はハンドルを握りながら、時々海に目をやった。荒波に波の花が舞っていた。潮煙《しおけぶり》が高く上がった。霧のように細かく。

――これでええ、これでええんや。ひとみの身体《からだ》のためにも、病院へ入れたほうがええ。

金沢に入る。あと十五分も走れば、兄貴の家に着く。私は北陸自動車道を逸《そ》れ、金沢の隣にある内灘町《うちなだまち》に入った。

坂の上の道から河北潟《かほくがた》が一望できた。穏やかな水面が広がっていた。

――あれを行けば津幡や……。

潟を突っ切って、真っ直《まっす》ぐにアスファルトの道が延びていた。遠く山影のふもとに、吸い込まれるように続いている。

——ひとみをすぐ入院させんといかん。そしてわしは自己破産や。それでええ。

窓の外に野球場の塀が見えた。灰色のコンクリートの塀だった。

私は道を外れ、広い駐車場に車を入れた。

隣に小さな公園があった。黄色く色褪《いろあ》せた芝が雪の下から覗いている。無人のテニスコートの脇《わき》で、赤茶けた木々が風に揺れている。

私はその傍らで、車を静かに停めた。

自己破産するとなれば、七尾にいなければならない。七尾はふたりでずっと暮らしてきた町だ。だからそれもいいやろが……。

しかし法的に決着がつくまで、どれくらいの月日がかかるのか。七尾に帰っても、もう住む家はない。アパートは電気も止められている。親戚の家にやっかいになるのも、気苦労が多くて嫌だ。といっても、七尾に戻ったら、車中での生活というわけにもいかない……。

——逃げる……。

唐突にそんな言葉が頭に浮かんだ。

……逃げてどこかでひとみとやり直そう。落ち着くまで、いろんなところを一緒に見てまわろう。時間はない。ひとみはいつ再発するか、わからないのだから……。

――卑怯《ひきょう》と言われてもかまわんわ。

出来るだけひとみの側《そば》にいてやりたい、同じ時間を過ごしてやりたい。入院させたら、ひとみと離れ離れだ。わしは約束したじゃないか、ひとみをひとりにしないと……。

押さえ切れないほどの感情が、渦を巻いていた。

――わしは今まで、何もしてやれんかった……。

もう歯止めは効かなかった。二十二年の妻との思い出が、溢《あふ》れ出していた。目の前に現れては、消えていく。

――今しかないんや。

私は奥歯を噛《か》み締めていた、妻に気付かれぬように。

「やっぱり、自己破産は止《や》めるわ」

妻にそう伝えた。

特に説明はしなかった。ただ「自己破産を止める」と、ひとこと言っただけだった。

「私はそれでええよ、オッサンと一緒なら」

妻はいつだってそうだ。私に反対はしない。私はその駐車場でUターンして、もと来た道を行った。もう、兄貴たちにも連絡するつもりはなかった。

右手に日本海が見える。大きな波が幾重にも立っていた。
海沿いの一本道。私と妻は、その道をずっと西に走った。
――最後まで一緒や、ひとみ……。
こうして、ふたりだけの旅は始まった。

第二章　腕の温《ぬく》もり

東尋坊《とうじんぼう》には結婚してから、妻と訪れたことがあった。何年ぶりだろう、娘が生まれる前だったろうか、もうよく覚えていない。ただ来たことだけは記憶していた。私は妻に東尋坊を見せたかった。

車を駐車場に停め、妻と歩いて岸壁まで行く。足もとは二十メートルはあろうかという絶壁だった。三月の日本海はまだ荒れていた。寒々しいところだ。自殺の名所だということは知っていた。

「何かいろいろ謂《いわ》れもあるんやろな」

あたりは見渡す限り、切り立った断崖《だんがい》が続いていた。雲は低く垂《た》れ籠《こ》め、強い風が吹き付ける。

「墓石みたいやな……」

少し前までひとりで死のうと思っていたことが、一瞬、頭をよぎる。

——もう、そういうわけにはいかんのや。

隣に立つ妻を見る。

妻は終始、無言だった。私は妻と並んで、岩にぶつかっては散る白い飛沫《しぶき》を見つめていた。

金沢から三国、越前海岸、武生《たけふ》と私たちは進んでいた。近くの職安に立ち寄りながら海沿いの道を走り、時々車を停めては日本海を見て過ごしていた。

ひとりの時と違い生活は規則正しい。夕方、日が暮れる頃になると泊まる場所を探す。たいていは人気のない駐車場。公衆トイレが近くにあることを確認する。

私ひとりなら、そんなものどこでもよかった。車の陰でもいいくらいだ。でも妻はそうもいかない。夜、催した時にトイレがないと困るから、車を停めるのは必ずそういうところとなった。

洗濯も公衆トイレでする。それぞれ自分の分は自分でした。固く絞り、ダッシュボードの上に並べる。下着は車内の後ろに吊《つ》るしていた。外に干すわけにもいかない。

食事はコンビニの弁当で済ます。ジュースや菓子は口にしない。出費はなるべく抑えたい。飲み物は白湯《さゆ》や水ばかりだった。

職安の無料喫茶サービスで湯を貰《もら》い、ペットボトルに詰めていた。二十四時間の自販機コーナーで、熱い湯をポットに入れることもあった。カップラーメンは買わず、湯だけ貰っていた。

夜は早く寝る。朝も早い。身支度をし、職安をまわる。

職安の住所は電話ボックスの電話帳で調べ、新しい町に入るたびにそうしていた。東西二分冊の全国版の地図帳を頼りに進む。行き先はない旅だったけれど、その日その日に当面の見当だけはつけ、道を調べて走るようになっていた。職安に向かう途中で相談し、一緒に見たい場所があれば見に行く。

妻は私の運転中、うつらうつらすることはなく、いつも静かに窓の外を眺めていた。暗くなってから車を走らせることがあっても、必ず起きていた。

毎日の生活は単調で同じだが、まわるところが違う。その都度、話題が生まれた。私はその度、救われた気がした。

一緒にいるからといって、四六時中、話すことがあるわけでもない。第一、結婚して二十二年、妻とまともに会話すること自体、なくなっていたのだから。共通の話題を持つなんて、ずいぶん久しぶりのことだった。

「オッサン、さっき職安でな、喋《しゃべ》ってばかりの人らおったの」

「窓側に座ってた人らやろ」

「そうや、若い人たちや」

「仕事探す気がないのとちゃうか」

「ほんとやな」

　職安での人の様子を振り返ったりする。

　三月十六日、七尾を出て十二日目の朝、敦賀で私は妻の髪を切った。山の中の駐車場だった。

　妻は入院前から美容院に行っていなかった。その日、車中で目覚めたとき、私は妙に気になった。ぼさぼさで髪が揃《そろ》っていない。

「お母さん、わしがちゃんと切ってやるわ」

　ひとりで放浪しているときに買った梳《す》き鋏《ばさみ》が車にあった。富山で購入したものだ。私自身、自分で散髪するようになっていた。

　折り畳みイスを出して、妻を車の外に座らせる。黒いビニールのごみ袋を肩にかけ、私は髪を整え始めた。仕事柄、鋏は使い慣れている。見よう見真似《みまね》でだって出来る。

　車が駐車場の横を何台も通り過ぎていく。私たちに気づき、運転しながら笑っている人が見えた。私は自分で言い出したものの、少し抵抗を感じた。

「人が見とるな、何か恥ずかしいな」

「オッサン、誰見たって関係ないって。いいよ」

「そうやな」

　妻は人目を気にしなかった。

「しょっちゅう髪を洗うこともできんな」

　櫛《くし》で梳き、鋏を入れる。かすかだけれど、確かな手応《てごた》えが指に伝わり、細い黒髪が散っていった。

　――布を裁断するのとは、勝手が違うわ。

　私はそんなことを少し思った。

　そういえばいつだったか、七尾にいた頃に妻の髪を切ったこともあった。ずいぶん前のことや。何の折やったろう……。

　妻は黙って座っていた。背を伸ばし静かにしていた。小さな頭の形が掌《てのひら》に触れる。青白いうなじから首にかけての線が、心許《こころもと》なく思えた。

　――こんなに細うなって。苦労ばかりかけたな。

　少しずつ、少しずつ、髪を梳いては鋏む。中腰になり、丁寧に刈る。抗癌剤《こうがんざい》のせいだろうか、妻の髪が幾分抜けやすくなっているような気がした。

　私はなるべく早く乾くよう、痒《かゆ》くならないよう短めに、思い切って七、八センチほど妻の髪を切った。露《あらわ》になった首筋の白さが、薄い陽射《ひざ》しのもと、目に染《し》みる。

「お母さん、このくらいでどうやろか」

車の中にあった手鏡を妻に手渡す。妻はうれしそうに頷《うなず》いていた。何度も何度も小さな手鏡を覗《のぞ》き込むようにして、頷いていた。

「ありがと、オッサン」

「ああ」

髪を切ってさっぱりしたおかげで、妻がひとまわり小さく見えるようだった。

妻は頭をしきりと撫《な》でていた。私は妻の隣にしゃがんだ。しばらく、ふたりでそのまま風に当っていた。

「オッサン」

山を眺めながら、妻が言う。

「ああ、何や」

「〝お母さん〟いうのも、何やね」

私はすぐに返事が出来なかった。

娘が生まれた時から、私は妻を娘が呼ぶのと同じように呼んでいた。娘にそう呼ばせたかったからだ。それがいつのまにか、夫婦間でも通っている。しかも、最近は呼びかけることすら少なくなっていた。

「これからは名前で呼んでほしいわ」

妻は照れもせず、口にした。かといってこちらを見るわけでもない。相変わらず、ふたり並んで山を見ていた。

「そうやな」

私はそう答えると、適当な言葉が見つけられず、黙っていた。

その日は一日中、移動して過ごした。職安をまわるということはせず、ひたすら日本海を海沿いに、西へ進んだ。

若狭《わかさ》湾に沿って国道二七号線を行く。途中京都に折れず、小浜、舞鶴を通る。丹後半島を過ぎ、そのまま豊岡まで向かった。

京都にはもう行けない。自己破産を勧める姉の助言に、私は逆らっている。姉にはその後、連絡もしていない。

「ずいぶんと、遠くまで来たわ」

ここから先は中国地方だ。縁もゆかりもないどころか、風景だって北陸とはずいぶん違う。

——もう戻れないな。

垂れ籠める厚い雲が、山の稜線《りょうせん》に広がっていた。

豊岡で一泊。翌朝、まっすぐ西へ進むか左へ曲がるか、私は妻に尋ねた。

「お母さんは姫路へ行ったこと、あるかのう」

「旅行で行ったわ、確か」

「いつのことや」

「学生時代やよ」

行き先は妻と話しながら決めていた。その間、妻との間に話題が生まれる。

――いつでも、わしひとりで決めとったな。

何も妻に相談してこなかった日々を、心の中で後悔した。

――いつもこうして話をすればよかったんや、ひとみに寂しい思いさせたわ。

思い出話をする妻に相槌《あいづち》を打ちながら、そう思う。

「ほなら、姫路行こう。昔と変わってるかもしれんし」

「姫路にはお城もあるな」

仕事探しを止《や》めたわけではない。岡山近辺は縫製業の盛んなところだと聞いたことがあった。一応、訪ねる理由もある。

三一二号線をずっと南へ下る。道の両側には険しい山ばかりが見えた。いくつものトンネルを抜ける。山並みが交互に重なり、どこまでも続いていた。

「でも、また職安は見ていくよ」

道すがら、私は妻に繰り返し言っていた。

「観光してるわけやないもんな」

目的が少しでもあれば流されない。戸惑い、途方に暮れなくて済むだろう。少しばかりの理屈をつけ、私は納得するようにしていた。あくまで仕事と住居を探すための旅。そのことは、これからだって変わらない。私は妻にも自分にもそう言い聞かせていた。

平地が広がり始めた。新幹線が横を走る。鮮かなブルーのラインが、矢のように私たちを追い越して行った。

すれ違う車が増えていく。田圃《たんぼ》が減り、高い建物が道路の両側に徐々に見えてきた。

姫路は大きな町だった。城の近くの駐車場に、車を入れる。カラフルな色のスポーツタイプの車、若い夫婦のものだろうか、柔らかい曲線の小さなバンに子供用の座席が見えた。地味な色合いの私のボンゴが、かえって目立つような気がした。

私と妻は堀を渡った。木の古い門をくぐると、広い公園が目の前にひらけた。

「大丈夫か、お城までずいぶんあるわ」

姫路城まではかなりの距離がある。私は何度も振り返り、妻を見た。

「平気や。そんなに心配せんでもええよ」

妻は屈託なく、笑っていた。疲れている様子もなく私の後を従《つ》いて来る。私は安心した。

突然、妻が腕をまわす。私は驚いて妻を見た。

それまで妻と手を繋《つな》いで外を歩いた記憶すら、私にはなかった。私は妻の腕の温もりを、初めてのように感じた。

「どうしたんや」

そう出掛かった言葉を飲み込む。

私は妻の腕をどう扱ったらよいか、わからなかった。ぎこちなく腕を組み、私たちは公園を進んだ。目の前に姫路城が見えた。

私は多少、恥ずかしかった。少し周囲を見渡す。

「身体《からだ》、大丈夫か」

私は妻の隣で、その言葉ばかり繰り返していた。

城内の階段は狭くて急だった。照明もなく薄暗い。天守閣までは六階もある。私は自分から妻の手を取り、身体を支えるようにして一段一段踏みしめた。

「お母さん、もう少しや」

「うん」

「辛《つら》くないか」

「平気だって」

妻の掌にうっすらと汗が滲《にじ》んでいた。古い木の匂《にお》いがする。いつしか私は、妻の手を固く握りしめていた。

「よう見えるの」

天守閣からは街が一望できた。かすかに瀬戸内海が見える。いくつかの島影が浮かんでいた。

妻は何も言わず遠くを眺めていた。ひんやりした風が肌の火照《ほて》りを鎮《しず》め、吹き抜けていく。妻の髪が小刻みになびいていた。

「オッサン、沙織《さおり》に電話してもええか」

城を降りてから妻が聞く。七尾を出て二週間、娘にも一度も連絡をしていない。

「ええさ」

妻が公衆電話にすっと寄っていく。私はひとりその場に立ち、妻の姿を目で追った。

土産物屋は混んでいた。観光客がゆっくりと歩いていく。みな、寛《くつろ》いだ旅のように見えた。

「わしはええわ」

振り向いた妻に私は軽く首を振った。私は電話口に出ず、妻はまた受話器に向かい話し始めた。

「お母さんは今、姫路にいるよ」

妻の声が聞こえる。

「オッサンも元気やよ……」

雑踏の中、私は妻を少し離れて見ていた。

——楽しいか、ひとみ。

妻の朗らかな声を聞きながら、私は妻とふたり観光旅行に来ているような錯覚を覚えた。しかも夫婦水入らず、何の障害もなく生活して来たふたりが、穏やかに旅しているように思えた。このままずっと、こうした時間が流れていくのではないか、そんなことさえ感じていた。

半年前、金策に駆けずり回っていたとは、夢のようだ。あの時は途方に暮れ、寒さに震え、そして死ぬことまで考えた……。

妻の背中が心なしか小さく映る。目の前にあの、寂しい景色が広がっていく。私はこらえきれず目を閉じた。

妻を待ちながら、私はひとり、晩秋の道を走りまわっていたことを思い出していた。

半年前、私はひとり家を出ていた。一九九八年十月二十五日、昼のことだった。

――あの人なら……。

以前、世話になった社長が長野にいた。彼を訪ねようと、ひたすらワゴン車を走らせていた。

――社長なら、何とか金を貸してくれるのじゃなかろうか。

その月、従業員への給料の支払いが遅れていた。

私の借金はもうどうしようもない。それは時間をかけて解決していくより仕方がないだろう。しかし、頑張って働いてくれている従業員たちには絶対に迷惑はかけられない。

――これが最後の給料になるな。

紅葉が窓の外を過ぎていく。木立に囲まれた工場の風景を、少し思い出す。

――とにかく、何とかせなあかん。

ハンドルを片手で握り、胸ポケットを軽く押さえる。その厚さを確認した。

百万円ほどの現金――。

それは私の全財産だった。

従業員に支払うには、二十万円ほど足りない。とにかくその分だけでも、人から借りなければならない。

――とりあえず、金策や。

すぐに帰るつもりで、着の身着のまま、私は家を飛び出していた。

その社長とは七尾で会った。五年前のことだ。私のよく行くドライブイン。知人と一緒に社長がいて、私は紹介された。私よりひとまわりほど上、恰幅《かっぷく》のいい人だった。独り者だという。

「よろしく頼みますわ」

「こちらこそ、お願いしますわ」

当時、私は副業で人材派遣の手伝いをしていた。

ささやかながらも、工場が何とか軌道に乗っていた。少しばかり小遣いも入る。私はつてを頼って人手を集めた。七尾の近く、志賀《しか》町で原発工事が軌道に乗っていた。私は働きに来た人たちの住居を斡旋《あっせん》し、バンを借り彼らの送迎をした。時に、彼らと飲みに行く。

「オッサン、遊んでばかりやな」

夜、遅く帰宅する私に、妻は呆《あき》れて言っていた。

「働きに来た人をほっとくのも、気の毒やないか」

私はいい気になっていた。屁理屈《へりくつ》を並べては、夜の街に繰り出す。そのうちホステスとも浮気した。

社長と知り合ったのはそんな頃だ。

彼は七尾で建設会社を経営していた。大型店舗の建築や市の公共事業、その他、手広く仕事をしていた。彼の友人が原発工事の請け負いをしていた関係で、私もよく顔を合わせた。

その後、親密になった私は彼について遊びを兼ね、現場をまわったこともある。青森、新潟、富山、金沢……、時に埼玉や東京の浅草まで足を延ばす。夜はたいていおでん屋のようなところで酒を飲んだ。

——あの頃は楽しかったわ。

紅葉《もみじ》狩りや、山菜採りに行ったことを思い出す。

「社長、こっちにいっぱい生えとるわ」

「こりゃあ、すごいわ」

七尾の周辺にはいくらでも小高い山があった。

春の暖かい日、春霞《はるがすみ》立つ穏やかな日。目に眩《まぶ》しいほどの艶《つや》やかな新緑、吹き出る汗と絡《から》み付く夏草。そして秋の燃えるような紅葉……。

車を走らせながら頭の中で、かつて馴染《なじ》んだ七尾の景色が浮かんでは消えた。

——でも……。

不安が頭をよぎる。

——最後に会ったのは、もう二年も前のことや。

志賀の第一期工事が終了し、同時に社長は去った。

以前聞いた携帯電話も通じない。共通の知人も、今は行方を知らないという。

——それでも行ったら行ったで、何とかわかるんじゃないか。

私はそんなことを漠然と考えていた。

途中、道端で停まる。

——社長には会えんのやないか。

そんなことを勝手に思い、二の足を踏む。

二時間休み、三時間休んだ。コンビニで弁当を買う。車が横を抜いていく。

ふと思いつき、私は社長に連れられて行ったことのある小料理屋に電話をかけた。

「こっちではもう仕事をしてないよ」

受話器の向こうで懐《なつ》かしい声がした。埼玉にある店だった。社長は当時、埼玉でも仕事をしていた。

「長野のほうに戻っているんじゃないの」

彼女は社長の「いい人」だと、私は感じていた。どこか突き放したような口ぶりだった。

――ああ、また喧嘩《けんか》してるわ。

彼女が教えてくれた電話番号は、まったく知らないところにかかった。聞き間違いか、社長が彼女に嘘《うそ》を教えたのか。しかしそんなことは、もうどうでもよくなっていた。私は彼女に頼るのを諦《あきら》めた。揉《も》め事は嫌だった。

――とにかく長野や。長野へ行って社長を探すことや。

私は彼女からの情報もあって、そのまま長野に向かった。

「確かこの辺や」

長野に着いたのは夕方だった。通常四、五時間で着くはずの距離を、私は倍近くかけて走っていた。

記憶を頼りに社長の実家があるはずの住宅街を私はまわっていた。景気のいい頃、一度だけ遊びに来たことがあった。

――おかしいわ、わしの勘違いやろか。

　まるで知らない町だった。記憶に何の引っかかりも感じない。二年ぶりに訪れた長野はまったく変わっていた。

オリンピックのせいだった。その年の二月に開催された長野オリンピックが、町並みをまったく違うものにしていた。

前にはなかった道がある。見たことがないビルがある。どこかに見たことがある風景はないか、あっちじゃないか、こっちか、いや違う……。

見当をつけてはぐるぐるまわる。それはかえって私を混乱させた。

――社長に会わな、いかん。彼にさえ会えば……。

気持ちばかり焦《あせ》る。喉《のど》が渇く、嫌な汗が出る。どこをどう走っているのかさえわからなくなるのだった。

何度も同じ道を辿《たど》り、その度にため息をつく。念のため電話帳も見るが、社長の名前は載っていなかった。

「わしは、何をしているんじゃろ」

私は喫茶店に立ち寄り、スパゲティーを注文した。

――結局、親戚《しんせき》を頼らなければならないんやな。

渋々、長野を後にした。

しかし七尾へ戻る道すがら、新しい考えが浮かんだ。

――新潟へ行ってみよう、柏崎《かしわざき》の飯場に行けば、社長を知っている人がおるかもしれん。

柏崎では今も原発関連の工事をしているはずだ。以前、原発の建設現場で働いていた人も、ひょっとするといるかもしれない。社長の行き先だけでなく、知り合いがいるんじゃないか……。

すでに夜になっていた。今から向かっても仕方ない。私は運転席で寝ることにした。何の用意もせず、七尾を出ていた。車の中には毛布もない。私はジャンパーの襟に首を沈め、縮こまるようにして固く腕を合わせた。

外から冷気が伝わってくる。エンジンをかけたままにしなくては、とても眠れない。エンジン音が絶え間なく、車を細かく振動させた。

ボンゴの広い車内は、寒々としていた。

――もう少し、待っていてくれや。必ず金を作って帰るから。

私は震えながら、工場のことばかり考えていた。

柏崎に着いたのは翌日の午後だった。

まもなく冬を迎える飯場は、閑散としていた。石油ストーブのオレンジ色の火だけが、顔を照らした。社長の行方どころか、知った顔もない。私は早々に引き上げた。

——こうなった以上、従業員にも責任をとらなきゃいかん。

また夜がやってくる。車の外はもう暗い。

——いつか、その日が来ることはわかっている。

日が落ちた北陸道は急激に冷え込んでいった。車内には寒さだけが深々と広がっていく。

——やっぱり死ぬことになるんだろうか。

生命保険も切れていないはずだ。まだ差し押さえられていない。死んで三千二百万ぐらい入る。少ないけれど、足しにはなるだろう……。

すれ違う車のライトが目に滲む。私は路肩に車を停め、その晩も車内で休んだ。

——いや、まだ諦めたらあかん。とにかく行ってみなきゃ、わからんじゃないか。

翌日、喘《あえ》ぐように埼玉に向かう。何か手掛かりがあるかもしれない。

途中、道を間違えた。道路標識が同じものばかりに見え始め、私は混乱した。

標識は本当に正しいのか。どっちに進めばいいのか。同じ道ばかり通っているような気がする……。私は休憩を挟みながら、ハンドルを握り続けた。

関越道を抜け一七号線に入る。群馬あたりで思い出し、知人に電話をかけた。

「社長は富山で仕事をしておるんじゃないか」

その言葉を頼りに、次は富山に向かう。当てはまったくないままに。

富山に入る頃、あたりは再び夕闇《ゆうやみ》に包まれ始めていた。

富山まで来たものの、行く所はなかった。路肩に車を停め時間を潰《つぶ》す。車を降り周囲をふらふらと歩いては運転席に戻る。少し車を走らせる、また近くを歩く。

「いい加減、帰らないかん、七尾に」

言い聞かせるように、何度も口にしていた。

誰にも言わないまま、出掛けている。電話もしていない。金策のため、少し足を延ばしただけじゃなかったか。もう三日も車の中で過ごしている。このまま富山にいても仕方がない。

疲労感が腰から背中に、べっとりとへばり付いているようだった。真っ暗になった運転席のシートに、私は深く沈んだ。

妻も心配しているだろう。七尾まではそう遠くない……。

「オッサン……」

妻の声がした。追憶が突然弾《はじ》けた。

顔をあげると、姫路城の石垣がどこまでも高く聳《そび》えていた。

「ああ……」

「どうした、お母さん」

姫路城の土産物屋で、電話を終えた妻が私の傍らに立っていた。

「アイス買ってええか、オッサン」

「もちろん、ええさ」

アイスクリームは妻の好物だった。妻は笑顔を見せ、また土産物屋へ戻っていった。

私はベンチに腰掛けたまま、それを見送った。

姫路城を出ると、周辺は混んでいた。ずいぶんと人が行き来している。車の通りも激しい。うろうろして事故にでもあったら嫌だ。私たちは職安を見つけるのをすぐに諦め、岡山に向かった。

高速道は金がかかるし、第一、何も急ぐ必要はない。下の一般道を行き、岡山に着いたのは夜だった。市内の職安まで辿り着き、その晩は隣の駐車場で休んだ。

翌朝、職安での用はすぐに済んだ。

「お母さん、岡山は何があるんかの」

職安を出て、妻に聞く。妻は首を捻《ひね》っていた。私たちは岡山の名所を思い付かなかった。

「近くまで来たからな」

そのまま広島に向かう。

広島は大きな町だった。どこに何があるのかよくわからない。二、三日滞在しないと把握出来ないような気がして、ここも早々に去った。

唯一《ゆいいつ》立ち寄ったのが平和記念公園だった。妻と並んで、資料館で展示物を見て過ごした。

第三章　鳥取砂丘

三月二十日、七尾を出てからすでに二週間あまりが過ぎていた。広島から東城街道、出雲《いずも》街道を北へ、私たちは鳥取を目指していた。鳥取で砂丘を見ようと妻と話した。あたりはどっぷりと日が暮れていた。しかし、泊まる場所が見つからない。暗闇《くらやみ》の中、私と妻は無言のまま、車を走らせていた。

前方には、私のボンゴのヘッドライトの灯りだけが伸びている。対向車も通らない。しんとした静寂が深々と私たちを包んでいた。

妻は何も見えはしない窓ガラスの外を向いていた。その横で、私はひとり思い出していた。

通り過ぎた風景、忘れられない顔が、フロントガラスの向こうに幻のように浮かんだ。

あれは富山にいた時だった。

金策に疲れた私は途方に暮れ、半ば自棄《やけ》になっていた……。

「それはパパ、違う」

ビニールシートが張られたボックス席、隣に座ったホステスが言った。日本人のような顔つき、大柄な子。「ピーチ」と名乗った。

「もう店に来るのは最後かもしれん。仕事も駄目やし」

酒が一本、二本と進んだ。

「もうわしは終わりや……」

私はどうやらそんなことをピーチ相手に話していた。

人材派遣の手伝いをしていた頃、何度か来たことがあるフィリピンパブだった。店の名は「アゲイン」といった。

——桜木町のはずれやったな。

私は車で近くまで行った。時間はまもなく午前二時。市役所の鏡張りの壁に、夜の灯りが反射していた。

市営駐車場は市役所の裏、午前零時を過ぎると開放される。もう誰もいなかった。私は車を停めた。「アゲイン」は小さな川を挟んだ、その先にあった。

——もう十一月や。

吐く息が真っ白だった。

金策のため七尾を出て一週間あまり。長野、柏崎、群馬、富山と私はさ迷っていた。頼りにしていた社長のことは、とっくに諦《あきら》めていた。だからといって、手ぶらで七尾には帰れない。一日中、何の当てもなく車で走り、夜はそのまま車の中で寝る。人と会うことも口をきくこともなく、私の放浪は続いていた。着替えもない。衣類は少し、臭《にお》っていた。

「どうすればいいんや」

「とにかく七尾に帰らなあかん」

「でも、帰ったところでな」

「みんな心配しておるわ」

自問自答ばかりが続く、その繰り返しの毎日が過ぎていった。私の中で、時間の感覚が麻痺《まひ》していく。

——日本語がよくわからない店がいい、そういう店なら気が楽じゃないか。誰でもいいから話がしたい。私はぼんやりと、そんなことを考えていた。

路地から二軒目、白いビルに両側を挟まれ、そのビルはあった。

縦長の看板は二階から四階までの高さにつけられていた。凛《りん》とした外気の中でネオンが滲《にじ》む。遠くからでもすぐわかる。白地に赤い店名が大きく書かれている。

濃い煉瓦《れんが》色《いろ》の建物だった。

剝《む》き出しになった吹き抜けの梁《はり》に、同じ色のペンキが塗られていた。三階に「アゲイン」はある。道に面した白い階段は吹きさらしだった。汚れた雪が固まり、傍らにへばりついていた。店が三時までやっているのは知っていた。

店内は暗かった。ホステスたちが隅に固まっている。四人ほどいた。その横を通り、席につく。

目の前に手狭な舞台があった。前は風俗店だったと聞いたことがある。一つ一つのボックスシートの背が高く、独立していた。一時間、セット料金で七千円。テーブルに飲み放題のウィスキーボトルが置いてある。

この店にはたいてい車で来ていたものだ。飯場までみなを送っていくからだった。私は、いつも決まってコーラばかり飲んでいた。その日も最初、コーラを口にしていた。しかし十分ほどして、熱燗《あつかん》を頼んだ。それは別料金だった。

「わしゃ、もう死にたい……」

「まだやり直し、ききます」

ピーチはしきりと、「ファミリー、ファミリー」と言っていた。

「シミズさんのために、ワタシはエーブイジョユウになるね」

ピーチが涙を浮かべていた。

――わしは何をしてるんや。

酔いがまわる。時々、猛烈な嫌悪感《けんおかん》に苛《さいな》まれる。

以前その店を訪ねた時、彼女の苦労話に耳を傾け、相談事に乗ったことがある。子供の認知、届け、養育などについて話した。その頃、彼女は日本人の男に騙《だま》されていた。男の子を身籠《みごも》ったという。男は結婚せず、行方をくらました。福岡の店にいた時、知り合った運送会社の運転手だった。

彼女はすでに七、八回、日本に来ていた。ダンサーのパスポートで三ヶ月滞在し、三ヶ月延長してはいったん国へ帰る。富山は二回目だった。

「国に子供を残して、また来ました」

再会した私に、彼女は少しはにかんだ。

セットの時間が過ぎる。

「ワタシが料金を払うから、閉店までいて下さい」

もうワンセットいたらどうかと勧める。その時、別の客から指名が入った。

彼女は別れ際《ぎわ》、私に囁《ささや》いた。

「店、終わるまで、駐車場にいて下さい」

私は車の中で酔いを冷ましていた。涙が溢《あふ》れて止まらない。こらえようとしても、泣けて仕方がなかった。

「まだやり直しきます」

ピーチの言葉を思い出し、口にしてみた。少し救われた気がしていた。

三十分もした頃、ピーチがやって来た。同僚ホステスが後ろで客と話している。私は慌《あわ》てて涙を拭《ぬぐ》った。

「みんなで、ご飯、食べましょう」

私は彼女に誘われるまま、先導する車についていった。暗闇の中、十五分ほど走る。ウィンカーを点滅させると、車は静かに止まった。

そのアパートは、市内のはずれにあった。午前三時をまわっている。あたりは真っ暗で、アパートから漏れる灯り以外、何も見えなかった。

古い学生寮を思わせた。二階にはメキシコ人が住んでいるという。一階はすべてフィリピン人で、玄関を入ったところにちょっとしたスペースがあった。近所への配慮か、すべての窓は締め切られていた。

ホステスたちが甲斐甲斐《かいがい》しく動きまわっていた。簡単な食事を作り、遅い夕食をとる。テーブルの上に見たことのない料理が並ぶ。魚を油で揚げたもの、透明のスープ、日本の野菜炒《いた》めのようなものもあった。初めて嗅《か》ぐ香辛料の匂《にお》いが鼻をついた。私以外に男は三人いた。店の客のようだ。以前、見かけた顔もあった。何の仕事をしているのか、こんな時間まで遊んでいていいのか、他人事《ひとごと》ながら私はふと心配になり、まわりを見渡した。

みんながみんな、酒を飲んでいた。ホステスたちも楽しそうだ。ずいぶん盛り上がっていた。

あちこちに染《し》みの付いた絨毯《じゆうたん》、焦《こ》げ茶色《ちやいろ》に変色した木の柱。モルタルの壁は煤《すす》で暗い。ホステスたちの派手な柄の服装までも、くすんで見えた。彼女たちの手と口のまわりが、油で光っていた。

他愛ない話が続く。笑い声が絶えない。私はひとり辛気くさい顔をしているのも申し訳ないと感じていた。なるべく明るく振る舞ったつもりだ。そうして、夜は明けていった。

今日も冷えそうだ——。

私はひとりその場を離れ、外に出ていた。山の稜線《りょうせん》がすぐ近くに黒々と見える。空が少し白くなり始めていた。

私は近くに停めていた自分の車に戻り、ついさっきまでのことを少し思い返す。身体《からだ》から力が抜けていった。代わって酔いが暖かく全身を包む。時々、かすかに宴会の声が聞こえ、そのうち遠くなっていった。

いつのまにか眠りに落ちていた。

その朝、私は久しぶりに熟睡した。


「シミズさん」

窓ガラスを叩《たた》く音がする。抑揚のない女性の声が聞こえ、私は目を覚ました。時計を見ると十時を少しまわっている。ピーチが、私を起こしに来たのだった。聞くと、もう他の客は誰もいないという。私は起き上がり、まわりを見渡した。枯れた木々に埋もれるように、ところどころ紅葉を残した山々。水が落とされ、土が剝き出しになった田圃《たんぼ》。その中にいくつか家が点在する、晩秋の日ののどかな風景が広がっていた。

「オハヨゴザイマス、一緒に行きましょう」

同僚たちと町に出るという。

私は車に五人のフィリピン人のホステスを乗せ、アクセルを踏んだ。言われるままに二十分ほど車を走らせ、着いたところは大型スーパーの「ダイエー」だった。

彼女たちについてフロアを歩き、荷物を持つ。彼女たちが買うのは食料品だけ、それ以外はもっぱらウィンドーショッピングで時間を潰《つぶ》していた。

「今日は見るだけね」

「買いたいものがあってもね」

「お客さんに買ってもらうからね」

私は横について会話を聞いていた。

彼女たちには彼女たちなりの方法がある。私は妙に感心していた。

「ダイエー」の店内のカフェコーナーで昼食をとる。丸い白いテーブルで輪になって、私は五人のホステスたちとハンバーガーを頬張った。ピーチの奢《おご》りだった。

少し休憩すると、彼女たちはまたウィンドーショッピングに戻っていく。フロアを隅々までぐるっとまわる。何も買わず、店ごとに立ち止まる。商品を手にとって何か忙しそうに日本語で会話をすると、また戻す。ところどころ、聞いたことのない外国語が混じった。

私はいちいちついてまわるのを止《や》めた。壁際《かべぎわ》のソファーに座って煙草《たばこ》を吸い、彼女たちを待っていた。

昼のスーパーはそれなりに客がいた。プラスチックのカゴを下げ、みなゆっくりと歩いていた。天井から色とりどりの紙が垂れ、商品の宣伝をしている。派手な幟《のぼり》がいくつも立っている。明るい音楽が絶え間なく流れていた。私は何を見るともなく、深くソファーにもたれていた。

その日はさらにもうひとつ、ショッピングセンターを見てまわった。彼女たちはそこでも何を買うでもなく、フロアをのんびりとまわっていた。

彼女たちは私に何も訊《き》かなかった。ピーチもまた、昨夜の私の話に触れることはなかった。まるで何もなかったかのように振る舞っている。

「泊まっていけばいいのに」

アパートに着く手前で、彼女たちは口々にそう言った。もう日が暮れていた。

「ええって」

オーナーに知れるところとなり、迷惑をかけても悪い。私はアパートまで送ると、手を振る彼女たちを後に車を出した。アパートから少し離れた駐車場に車を停め、浅い眠りを途切れ途切れに取った。

翌日から同じような日々が続いた。

私はアパートのすぐ近くに車を停めていた。彼女たちは私に気が付き、近づいて来る。

昼間はスーパー、デパートのはしご。フロアをまわり、私はもっぱらソファーで待つ。アパートに戻りフィリピン料理を御馳走《ごちそう》になり、たまにシャワーを借りる。夕方になり彼女たちを店まで送り、私はひとり時間を潰す。

運動公園に車を停め、運転席で過ごす。時折、車を降りぶらぶら歩く。パチンコ屋に行き、隅の休憩コーナーに座る。パチンコ台に向かうわけでもない、置いてある新聞を手に眺めたり、テレビを見たりするだけだ。ボウリング場に行き、興味なく、知らない人のゲームを見る。夜中三時過ぎ、「アゲイン」に彼女たちを迎えに行く。帰りにみんなでラーメンを食べる。時にはアパートでフィリピン料理……。

すでに時間の感覚がなくなっていた。もう自問自答することもなかった。

昼間、駐車場に停めた車の中でうつらうつらする。ウィンドーショッピングの合間にソファーで休む。夜、彼女たちを待つ間、浅い眠りに落ち、明け方また少し寝る。昼間だけでなく、夜起きている時でさえ、何か半分眠っているような変な感覚を覚え始めた。頭もはっきりしない。会話は彼女たちとのカタコトの日本語だけだった。それ以外、人と喋《しゃべ》っていない。

一週間ほどが経《た》っただろうか。私は突然、金沢に車を向けた。

「もっといればいいのに」

ピーチはそう言った。

「また来た時は寄るわ」

私はそう言い残し、富山を離れた。でも何の当てもないまま、ハンドルを握っていただけだ。

富山から金沢へ向かう途中、道を一本曲がれば、いずれ七尾に着く。そうでなくても砺《と》波《なみ》を越え、高岡を曲がる、そして氷見の市内を富山湾に沿って北へ向かう。そうでなくても砺波を越え、倶利伽羅《くりから》トンネルの手前にも道はある。宝達山を右に見て国道四七一号線に入る、日本海を左に能登半島を北上したって七尾に行ける。仮に津幡《つばた》まで下ったとしても、まだ戻れる……。

道はわかっている。どこで曲がっても、七尾に戻れるじゃないか。みんな心配しているだろう。日が経つほど、借金の額も増えていく。こんなことをしていても、何の解決にもならない。次の角を曲がろう、その次を曲がろう。私は何度も繰り返し、そう思っていた。

――曲がれば七尾や。

しかし、私はハンドルをきることが出来なかった。能登半島を窓の外、遠く眺めながら、北陸三県をいつまでも行ったり来たりしていたのだった。

――仕事を見つけけんと。

急に思い立ち、職安に寄った。

――どこかにアパートを借りないかん。

不動産屋を覗《のぞ》いた。部屋を借りるなら、保証人が必要だと言われた。

でもそうしたのは、何度もない。思い付きに近い行動だった。一日のほとんどは車の中、休んでいるか、走っているか、どっちかだった。ぼんやりと目の前の道を走る。同じ道を何度も何度も、繰り返し行く。

――今日かけよう。

――明日かけよう。

公衆電話を見るたびに、私ははっとした。

――連絡だけでもしなければ。

受話器を握り、見つめたこともあった。

でも居場所を言えば、探すだろう。聞いた本人も辛《つら》くなるだけだ。借金の件も、片が付いていない。何とか目処《めど》がついたらすぐ帰るんだから、もう少し辛抱してもらえれば……。

そのたびにそう思い、私は電話から目を逸《そ》らすようになっていった。

どれくらい日にちが経った頃か、私は再び「アゲイン」の近くに車を停めていた。

「また来たよ」

夜中、三時を過ぎていた。店を出て私の車を見つけると、彼女たちは寄って来た。そのままアパートまで送り、フィリピン料理を食べる。翌日はデパート。ウィンドーショッピングに付き合い、ハンバーガーを食べ、アパートまで送った。そしてまた彼女たちの許《もと》を離れ、車を走らせた。

再び西へ――。

何度目になるのか。同じ風景ばかり見ている。金沢を通り越し、福井まで行き、引き返す。昼も夜もなく、走り、休む。七尾を出てから一ヶ月の時が流れていた。

そして私は公衆電話に向かった。何のきっかけも決心も要らなかった。甥《おい》の電話番号を押していた。

私はその時、新潟にいた。うっすらと、遠くの山には雪が積もり始めていた。

「雪や……」

妻の声がした。四ヶ月前の出来事を思い出していた私は、現在に引き戻された。目の前に出雲街道の夜の闇《やみ》が続いていた。

「ほんとや」

粉雪が車のライトに細かく反射していた。無数の煌《きらめ》きが踊るようにして、暗がりへと流れて行く。アスファルトの道が、見る間に白くなっていった。

「ここら辺じゃ、まだ雪が降るんか」

私は妻と顔を見合わせた。

雪を見たのは久しぶりだった。数日前、敦賀の山中で、除雪された塊がわずかに残っていた程度だ。七尾でも三月になれば、もう降雪はほとんどない。時折少しばかりちらついては、すぐに止む。あとは曇り空が続くだけだ。

「オッサン」

「何や」

「こっちは七尾より南やから、暖かいんかと思ってた」

山の中、他に行く車はいない。妻は身を乗り出すようにして、窓の外を見ていた。

「ひとみ……」

私は少しくぐもりながら、妻に声をかけた。

「ひとみ、ほら、見てみい」

目の前を雪が舞う。

何年ぶりだろう、妻の名を呼んだのは……。

時間が逆戻りしたような錯覚を覚える。七尾でも、こうして雪が降った。結婚して二十数年の歳月、そしてついひと月前まで同じように雪の中、ひとり車を走らせていたこと……。

私は思い浮かべていた。気が付くと、妻がこちらを見ている。

「止みはせんのう」

気恥ずかしくなって、私は車を路肩に停めた。外に出て、四輪駆動に切り替える。

――この車には、よう働いてもらったわ。

紺色のボンゴ、ずいぶん仕事で使った。製品の納入、仕入れ、従業員の送迎……。経営する工場が順調だった短い年月が、溢《あふ》れるように次から次へと蘇《よみがえ》る。

あたりに田圃が広がる住宅街の一軒家。私の縫製工場は木造モルタルの民家を借りたものだった。わずか五人の従業員。近くには農家の納屋《なや》があった。裏はちょっとした林。淡い桃色のトタンの壁。黒い瓦《かわら》の古い家屋だった。

——冬は暖かくてよかったわ。

南に向いた縁側があった。

——今はどうなっておるやろう。

夜道を車で走りながら、ふと思う。

——みんな元気かの。

闇の中、雪は激しくなっていく。

——もう戻れんな……。

工場は閉鎖した。昨年の秋からそのままになっている。

車内で休み、鳥取砂丘に着いたのは翌日の昼だった。海から吹き上げてくる風が冷たい。日は陰っていた。相変わらず雪は降り続ける。身を切るような寒さだった。

「これじゃあ、風邪ひくわ」

無理をして身体《からだ》に差《さ》し障《さわ》りがあってもいけない。体力だって、どの程度回復しているのか。私はしばらく待とうと、妻に言った。

「駐車場から出るのは、大変やで」

「行きたいって」

妻はしきりに繰り返した。

「身体は大丈夫やな」

私は後部座席からビニール傘と長靴を二つずつ、取り出した。妻と長靴を履き、車を降りる。傘をさす間もなかった。いきなり雪混じりの風が襲った。

遥《はる》か遠くに、灰色の海が霞《かす》んでいる。黄土色の砂丘は想像以上に広かった。激しい起伏、ずっと先を進む観光客は、豆粒ほどに小さく見えた。

「無理せんとな」

私たちは強風の中、傘の柄を握りしめ、砂丘を歩き始めた。

妻はどんどん歩いて行く。

「海のところまで、行くんか」

妻は黙って歩き続けた。

私はなるべく妻より風上にまわろうとしていた。しかし、風向きは変わる。何の役にも立たない。妻のまわりをぐるぐるまわっては、私は自分の傘を妻にかざした。妻は風に身をとられ、まっすぐ歩くのも大変だった。

目を開けているのも辛い。時々、妻の後ろ姿が目に入る、横顔が映る。横殴りの雪の中、妻は海の方向ばかり見て、脇目《わきめ》もふらず進もうとしていた。

傘を持つ手が激しくぶれた。砂に足をとられる。瞬間、私との距離が開いた。

——辛い思いばかりさせた……。

急に涙が溢れた。

——ずっと、何もしてやれんかった。

奥歯が震えた。耳が痛い。自分の息遣いだけが聞こえる。私の頬は雪と涙でぐちゃぐちゃになっていた。

「ひとみ、身体、大丈夫か」

私は何度も妻に向け叫んでいた。

耳をつんざくほどの音が、私の頭の底で響いていた。固い芯地《しんじ》を金属の刃で切る音。布地のロールを積んだトロッコが、レールの上で軋《きし》みを上げる。吹雪の中、延々と続く砂丘を進みながら、私の脳裏に七尾の工場の情景が広がっていった。それは独立する前、まだ若い私が勤めていた、大工場の作業場の風景だった。行進曲や軽音楽がスピーカーから鳴り響く。百台以上のミシンが、ガタガタと跡切《とぎ》れることなく音を立て続けていた。高い天井の下、私は布地を重ねるために、作業台の前を何度も走る。

二百枚ほど重ねたら裁断。電ノコに似た歯が振動する。埃《ほこり》がもうもうと舞う中、色鮮やかな生地が眩《まばゆ》いばかりに目に映えた。

カッターシャツやスポーツウエアーを作る、体育館のような作業場だった。百五十名ほどが黙々と働いていた。

「線が細い子やなあ……」

作業場の前に妻がいた――。

昼休み、表口を出た所だった。

食事を済ませた私がそこにいる。いつものように外で煙草《たばこ》を吸っていた。

「清水、今年入った子や」

同僚が紹介する。何か世間話をした。会話の内容は何だったたか、もう覚えていない。

――何を話したんやったか。

妻とはその後、時々顔を合わせた。私は裁断、妻は縫製。部署は違ったが、よく見掛けたものだ。

――よう遅くまで練習しとったな。

マウンドに妻が立っている。作業場の裏手のグラウンド。夕暮れの薄暗がり。大きく振りかぶって、妻が白いボールを投げていた。

――ピッチャーじゃった……。

職場でのサークル活動が盛んだった。妻はソフトボールのグループに入っていた。私は何とはなしにサークルの世話をしていた。

「じゃあ、誰かが送っていかないかんな」

遅くまで練習をしていると、バスがなくなる。誰ともなく言う声が出る。帰り道、私は妻を送るようになっていた。

「子供やなあ……」

付き合うなどと、思ってもみなかった。

最初の印象通り、妻はまだ幼い体型だった。意識など、したこともない。

妻は他の仲間たちと正反対の方向に住んでいた。七尾のはずれ、山をひとつ越えたところに実家があった。車で二、三十分かかる。そのうち、工場からそれほど遠くない私のアパートに立ち寄るようになっていった。

「前、同棲《どうせい》していたいうのは知ってるよな」

私はそんなことを言っていた。妻は黙って頷《うなず》いた。

私が以前一緒に暮らしていた女性は、社内の子だった。私はうちに来るようになった妻に、もうどうでもいいようなことを話したものだ。どこかに躊躇《ちゆうちよ》があったのだと思う。私は言い訳のようなことばかり口にしていた。

妻はそのうち料理を作り、洗濯を始めた。アパートに泊まっていくことも時々あった。私はといえば、相変わらず結婚など考えていない。アパートに来て身の回りの世話をしてくれたりということが楽で、一緒にいたようなものだ。

だからそれまでの女性と違って、妻とはデートをしていない。後にも先にも、付き合っていてどこにも出掛けなかった女性は妻だけだ……。

——どっか行きたかったんやろうな。

いくら思い出そうとしても、やはり一度も記憶がなかった。

妻は立ち止まり、吹雪の中、長いこと海を見ていた。鳥取砂丘の入口から二十分、私たちは海辺に面した高台にいた。

目の前に日本海が広がる。真っ黒な海に白い飛沫《しぶき》が飛んでいた。雲が重く垂《た》れ籠《こ》める。私は少し後ろに立ち、妻の背中を黙って見つめていた。

「おんぶしてやってもいいよ」

しばらくしてようやく振り向いた妻に、私はそう言った。

「ええわ」

人影がまばらにあった。少し離れたところを駱駝《らくだ》が行く。観光客が跨《また》がっていた。

「ほな、帰ろうや」

私たちは再び二十分ほどかけ、駐車場に戻った。

「オッサン」

タオルで濡《ぬ》れた髪を拭《ふ》き、妻が突然、口を開いた。

「何や」

「オッサン、私は癌《がん》やろ」

私は息が止まるかと思った。

妻が病気のことを口にしたのは、手術後、初めてのことだった。

「放っておけば腫瘍《しゅよう》も大きくなったかもしらん。けど、切ったからいいんやよ」

そう説明するのがやっとだった。私は目を合わせられず、再びタオルで顔を拭《ぬぐ》う。

妻は手術の状態を訊《たず》ね、医者は何と言ったのか私に聞いた。

「もう大丈夫やって」

私はそう繰り返すだけだった。胸が高鳴っているのがわかった。

妻はひとり唸《うな》っていた。

納得は到底しない。しかし、その日の話は一応終わった。

第四章　富士山

鳥取砂丘から山陰を抜けて、南へ――。

三月二十二日、連休最終日。数日前通った姫路を通過し、私と妻は明石《あかし》に入った。

前方に明石海峡大橋が近づいていた。冬空に巨大な白い鉄の梁《はり》が見えた。

「ほら、見てみい」

「凄《すご》い橋やな、ひとみ」

妻が何か小さく呟《つぶや》く。見ると、妻は橋を見上げ手を合わせていた。

夕方、神戸に到着。久しぶりに銭湯に行く。夕暮れのポートタワーの電飾を右手に見ながら、そのまま車を走らせる。

西宮から一七一号線。伊丹《いたみ》、箕面《みのお》、茨木《いばらき》、高槻《たかつき》……。

その日は一日中、走り続けていた。左に折れ、険しい山道を進む。途中から激しく雪が降ってきた。道を間違え、迷いながら走る。

切り立った渓谷にかかる橋をいくつか渡る。車の下に深い闇《やみ》が横たわっているようだった。窓の外は急速に暮れていった。家の灯りも見あたらない。ずいぶんと寂しい風景が続いた。そのうち見えてきたのが京都の西隣、亀岡《かめおか》の町だった。

お椀《わん》を伏せたような丸い山が周囲を囲んでいた。薄暮の中、小さな駅舎が浮かび上がる。裏手に田圃《たんぼ》が広がっていた。

〈保津川下り〉

〈嵯峨《さが》野《の》トロッコ列車〉

〈湯の花温泉〉

案内板の文字が目に入った。

電車が静かに到着する。ホームにばらばらと、人が降り立つのが見えた。

どこかの旅館へ行くのだろう、駅舎から出た年寄りたちを乗せ、バスが前を横切っていく。窓から漏れた暖かそうな明かりが、すぐに闇の中へ消えていった。

以前、京都の姉の家に泊まった時、コンビニで買った求人情報誌。そこに一件、亀岡にある工場の募集が掲載されていた。確か、ミシンの内職だった。そんなことを少し思い出す。

「ひとみ、亀岡は確か、七尾の姉妹都市や」

私はそう思い込んでいた。実際は香川の丸亀《まるがめ》だったが……。

「オッサン、『サティ』や」

妻が指差したのは、七尾にもある大型スーパーだった。そこだけ別世界のように、煌々《こうこう》とライトが降っていた。

「こんなところにもあるんやな」

「何だか、懐《なつ》かしいわ」

「ほんとや」

「七尾に帰って来たみたいやわ」

私は車を隣接する立体駐車場に入れた。

「ちょっと見ていくか」

閉店間際《まぎわ》の店内は活気があった。広いフロアに景気のいい音楽が流れ、売り子の声が響いていた。忙しそうに陳列台を見てまわる学生、カゴの中に山のように食料品を載せている年配の女性、子供の手を引く若い女性。私は妻とゆっくりフロアを歩いた。

妻は洋服を見たり、手に取ったりしていた。私はその後ろをついてまわる。

「オッサン、これ買ってもええかな」

「ええさ、もちろん、好きだったら」

妻はスカートを一枚、購入した。地味な色合いのロングスカートだった。二千九百八十円。旅に出てから初めてのショッピングだった。

「仕事が決まったら、穿《は》いていくんや」

妻はそう言って、包みを抱えていた。

立体駐車場を下ると、町はしんとしていた。「サティ」の店内の賑《にぎ》わいが嘘《うそ》のように、行く人もなく道は暗かった。私は適当な場所を探し、車を停めた。

「今日はよう走ったな」

鳥取を出たのは朝だった。途中、風呂《ふろ》にも入っている。

「疲れたやろ、ひとみ」

布団《ふとん》の中で妻に声をかける。妻はもう休んでいた。

街灯の灯りだけが遠くに見えた。青白く、瞬《また》いていた。

暗くなった車内で私は眠れずにいた。

寝返りを打つ度に妻の寝顔を見る。結婚して以来、こんなに妻を身近に感じたことはなかった。

この二十二年間、妻とは毎日、顔を合わせていた。職場でも家でもすぐそばに妻がいる。しかし、私たちはほとんど話をすることがなかった。

——どこか、ずれていた……。

なぜだったのだろう、妻の温《ぬく》もりを身体《からだ》の片側に感じながら、自問する。

「まだ若いからしょうがないやろな」

新婚当初から、そんなことをよく思った。私は妻との年齢差に違和感を覚えていた。

「私は西城秀樹が見たいのに」

当時まだ十代の妻はアイドルに夢中だった。必ず歌番組を見たがったものだ。私はもう三十。何の興味もなかったから、テレビを見るにもよく諍《いさか》いが起きた。

「そんなの面白いことないやろに」

共通の話題などあるはずもなく、会話もたいしてない。些細《ささい》なことでも意見も好みも違う。夫婦となったものの、私たちふたりは最初から噛《か》み合っていなかった。少なくとも、私はそう感じていた。

——まだ子供やからな。

私はひとり納得することにしていた。

相手はひとまわりも違うんや。面と向かって相手にするわけにもいかないやろうが……。

私が適当に流していると、それでまた妻は臍《へそ》を曲げ文句を言い始める。かまってくれないことに腹をたてる。

それでも私たちは朝昼晩といつも一緒だった。職場が同じだから、出勤も一緒だった。

大きな工場だったが、廊下を少し歩けば妻が見えた。広い作業場で、多くの同僚に囲まれ妻は黙々と作業台に向かっていた。夕方、サイレンが鳴り勤務時間が終わると、私たちは待ち合わせをして帰る。しかし、家に帰っても仕事の話はしない。工場での立場が違うから、口にしても会話が続かないのはわかっていた。どうせすぐに言い合いになる。

――うちにおっても、楽しいこともないわな。

しかし私は、夫婦なんてそんなものだと思っていた。

娘が生まれたのは、そんな生活が二年も続いた頃だ。妻は勤めていた会社の保育園にゼロ歳児教室から娘を入れると、すぐ仕事に復帰した。

「沙織《さおり》がある程度大きくなるまで、家にいたらどうやろか」

私は言ったが、妻は嫌だと言う。

「うちにいたくない、うちにいてもつまらん」

私はそれ以上意見するのを止《や》め、その後もふたりで共稼ぎをすることになった。娘の相手は、もっぱら私の役割となっていった。

それまで拡張を続け、大きくなるばかりだった工場が縮小していったのは、それからまもなくだ。効率を考え無駄を省き、社員教育を始めた。従業員を整理し、機械化を進めていく。工場は一気にぎくしゃくとした雰囲気に包まれた。

「職人は一針、一針縫うのが仕事や、頭よりも技術やないか」

「中学しか出とらんけど、技術があるから社長とだって話せるわ」

酒でも飲めば、必ず同僚とそういう話になった。

「そこ、他よりも出来上がりが遅い」

工場にはマイクを通して、そんな声が響く。それは日を追うごとに回数が増えていき、なかば個人攻撃のようになった。

サークル活動も廃止された。工場は企業へと変わっていった。

私は課長になっていた。四十人ほどの裁断部門と百八十人ほどいる縫製部門。それを統括する立場。仕事に恵まれず渋々勤め始めたというお母さん連中から、昔気質《かたぎ》の職人まで相手にしていた。みな一様に私に苦情を言いにきて、工場長に直《じか》に言うのは私の仕事となった。

会社の利益は思うようにあがらなかった。「あれも悪い、これも悪い」という投げやりな声も出始め、意見は対立する。しまいには職場の仲間同士で喧嘩《けんか》するようになっていた。

「清水さん、先頭に立ってくれんか」

数年前に上部団体の指導を受け、労働組合が出来ていた。課長ではあったが私は組合員、しかも現場を仕切る立場にあったから、まわりはそう望んだ。私に組合を引っ張っていくよう、さかんに勧めた。

「わしには無理やて。そんな力はないわ」

立場上、私はみんなと同じように無責任に言いたいことを言うわけにもいかない。もちろん会社側に立つことも出来ない。

結局、私が選んだのは退職だった。独立し、小さな縫製工場を始めることにした。私が三十六、妻が二十五、娘の沙織はまだ五つの年だった。

妻に相談はしなかった。私が勝手に決めたことに妻は反対するでもなく、黙っていた。そして私と一緒に工場を辞めた。

東京の業者から受けた初仕事は、婦人用スカートの縫製だった。納期は二週間後、一日に五、六十枚を完成させなければならない。いくつかの種類が指定されていた。

「こりゃ、総出でやらんとな」

私は張り切っていた。

小さな工場の利点は小回りの良さだ。流行のスタイルをいかに早く製品にするか、それが求められていた。私は従業員と一緒になって働き、これを仕上げた。しかし、発注元が経営難に陥り工賃は支払われなかった。

「そんなことあるんかいのお」

私は貯金の中から給料を捻出《ねんしゅつ》した。

「今度は大丈夫や、みんな、がんばろうや」

私は従業員を励ました。

次の仕事は子供服だった。婦人服より作業が単純で、縫う箇所も少ない、幅も短い。工賃は落ちるが、狭い工場ではそのほうが効率がいい。

「少し安いけど、仕方ないわ」

私はそう納得し、仕事を受けた。

同じ理由でTシャツの製造も始める。完成品まで作り、アイロンをかける。値札を入れ、袋詰めをする。これは重宝がられた。

「最初の一、二年は辛抱や」

私は自分に言いきかせるように、よくそう口にしていたものだった。

工場といっても大きな機械があるわけではなかった。畳の上にミシンや裁断台を置いただけのものだった。それでも機械を揃《そろ》えるのに五百万円もかかり、最初の数ヶ月で私の資金は消えていた。

その後、年を重ね、少しずつ利益が出るようにはなっていった。しかしそうは言っても、ひとり頭にして稼ぎは五万円ほど、工場としての儲《もう》けは月に二十五万にしかならない。

一方で、輸入物がすごい勢いで幅を利《き》かせていった。Tシャツは、中国なら三十円か四十円で出来る。私の工場では百七十円。もともと利益の少ない商売ではあったけれど、これにはどうやっても勝てない。同業者の工場は次々に閉鎖に追い込まれた。

――相談したところでしょうがないわ。

そう考えていた私は、工場経営のことはひとりで決めていた。

妻は従業員をまとめるようなタイプじゃない。工場の中でも若い方だ。仕切らせるのも無理だろう。私は妻に一従業員として接していた。

「奥さん、少し休んだらどうや」

妻は経営者の女房《にようぼう》として、まわりからそう呼ばれ気を遣われる。それなのに経理だけでなく、経営状態が良くないことも妻は知らない。私は悩みを打ち明けない、愚痴をこぼすことすらしなかった。

妻との関係も年に何度かだった。

妻は若かった。ダンス教室などにも通っていたから、私は一時浮気を疑ったこともある。

——それならそれでもええ。

私はそれくらいにしか、思っていなかった。事実であっても、かまわない。怒るつもりもない。

——自由にすればええ。

私はいつだって、そう考えていた……。

翌日は一日中、亀岡市内をぶらぶらしていた。「サティ」を見たり、町を歩いたり。特段、何をするわけでもない。妻とのんびり過ごしていた。

「よく『サティ』、行っとったな」

「沙織とな」

「そんなに買うもん、あったんか」

「食器のセットとかな、いつか使うやろ」

同じスーパーがあるというだけで、話がはずんだ。

明けて三月二十四日、大垣を通り岐阜へ。木曽川の手前で笠松《かさまつ》競馬場に立ち寄る。

七尾にいる頃、私は時々、競馬を楽しんだ。金沢競馬場は冬の間、場外売りをする。私はテレビで競馬中継を見るのが好きだった。そういえば、妻と一緒に金沢競馬場まで行ったことがあった。

「笠松から出た名馬もいたなあ」

「何て名前やった、オッサン」

「何ていうたかな」

笠松競馬場の塀を見ながら、妻と歩く。

「前、金沢の競馬場行ったな。ひとみは覚えとるか」

「覚えとるよ」

「なつかしいの」

「オッサン、競馬好きやったもんな」

藁《わら》の匂《にお》いがした。三十分ほど、そうしていた。

木曽川を渡る。尾西《びさい》に入り三日ぶりに職安を訪ねた。

たまたま通り道に職安があったからだった。職安には立ち寄る、そう決めていたがそれほど探さなくなっていた。職安の駐車場で一泊し、翌日はまた終日、車を走らせる。

一宮、岩倉、小牧、春日井《かすがい》、瀬戸。一五五号線から二四八号線に入って豊田、岡崎、幸田《こうた》……。

別段当てがあるわけでもないし、降りてどこかを見るわけでもない。名古屋は混雑しているだろうからと、避けて通った。

蒲郡《がまごおり》に入った頃、ボンゴの具合がおかしくなった。ブレーキパッドが減って金属音がする。

——これで終わりになるんか。

一瞬、嫌な予感が頭をよぎる。車が動かなくなる、そうでなくても修理代がかかるようなら、その町に落ち着かなければならない……。

道沿いの修理屋に入る。幸いにも部品の在庫があり、その場で直った。一万五千円の支出で済む。

——これでまだ旅が続けられるな。

私はほっとした。

その夜は渥美《あつみ》湾に面した海陽ヨットハーバー。海の近くの公園に車を停めた。波の音を聞きながら、いつの間にか眠りに落ちていた。

翌朝、窓ガラスをノックする音で目が覚めた。時計を見ると、まだ六時前だった。起き上がるとパトカーが近くに停車し、警官が二人立っていた。

「旅行ですか」

警官の質問に私は頷《うなず》いた。

私の車は石川ナンバーだった。ただでさえ目立つ。近くで何かあったらしい。私は早く立ち去って欲しいから、自分からは何も訊《たず》ねなかった。警官に免許証を見せる。それを控えると、パトカーは去った。

妻は布団《ふとん》の中でじっとしていたようだ。借金はほったらかしだが、別に刑事事件を起こして、逃げているわけではない。娘によれば、捜索願も出てないはずだ。ただ、あまりいい気分はしなかった。

間を置かず、今度はバイクに乗った警官が近づいてきた。

「今、話したよ」

「ああ、そうですか」

駐在所の警官のようだった。

「ここは車を停めたらいかんところですか」

「いいえ、ただ最近治安が悪いんで気をつけて下さい」

妻は車から出てこない。

「旅行ですか。羨《うらや》ましいですね」

警官は何を訊ねるでもなく、世間話をする。

「いいですねえ。出来れば僕も旅をしたいものです」

「思い切ってやらないと、出来ないですよ。旅行っちゅうのは」

私はそう答えていた。

豊橋から浜松、焼津《やいづ》、静岡と進み、そこで日が沈む。

「ひとみ、ほら」

窓の外を、淡く滲《にじ》んだ光の行列が流れて行った。静岡の繁華街、それは飲み屋の提《ちょう》灯《ちん》の灯りだった。

道の両側にずらりと並んでいる。これほどたくさんの提灯をいっぺんに見たことはない。私は幻想的な光景にすら感じていた。

「きれいやな」

妻は黙って外を見つめている。私は時折、妻を盗み見ていた。横顔の輪郭が、薄い光を受けて浮かび上がる。

嬌声《きようせい》がどこからか聞こえる。

酔客の影が朧《おぼろ》に浮かんで揺れていた。


「わしはええがな」

蠟燭《ろうそく》の灯りが小さく揺れていた。

私は隣に立つ妻と、その長いキャンドルを手に持ち点火する。背の丈ほどもあるケーキ。青いドレスの妻。まだあどけなかった。私は白いダブルのスーツを着せられていた。会場から拍手が起こる。

――逃げ出したいわ。

蠟燭の炎はあやうく、私はいつ消えてしまうかと、そればかり見ていた。

七尾の市民会館のホールは、工場の同僚たちが話をつけ借りてきていた。たいして乗り気でもない私を押し切り、結婚披露宴が開かれた。

――恥ずかしいわ。

式の間中、私はそんなことばかり考えていた。

妻は教会で式をあげることを希望した。それが当時の流行だった。しかし結局、式はあげないままとなっていた。

「あなた方は信者ではないでしょう」

訪ねた教会で牧師にそう注意され、そのままにしていた。

披露宴は大掛かりだった。

知人の弟が金沢でフランス料理のコックをしていて、仲間を連れ調理器具を持ち込んだ。初めて食べる料理。千円の会費制だった。

新婚旅行は、どこか近所に車で行った。近くだったと思う。ほとんど印象に残っていない。

――わしはほんと、いい加減やな……。

妻と旅を続けながら、私は何度か思い出そうとしていた。

――福井だったろうか、三泊ほどしたんじゃなかったか。

妻の横でハンドルを握りながら、私は繰り返し記憶を手繰る。

――石和《いさわ》は覚えてる。

確か工場の社員旅行だった。何年前のことだろう、まだ小さい娘も一緒だったはずだ。妻と写真を撮ったことはあまりなかったが、石和の写真は見たことがあった。もう変色した数枚だった。

「ひとみ、石和温泉は知っとるよな」

静岡から清水を抜け、私は妻に聞いた。

「前に行ったわ」

妻はすぐに答えた。

「前の工場の旅行や。沙織もおったやないの」

妻も覚えていた。私たちは五二号線を北上した。

切り立った山々が両側に聳《そび》えていた。クリーム色の車体を鈍く反射させ、富士川の向こうを身延《みのぶ》線が行く。富沢、中富、鰍沢《かじかざわ》、増穂《ますほ》……。山に囲まれた渓谷の道は続いた。

「オッサン、ここや」

妻が一軒の旅館を指差す。

「ここの旅館に泊まったわ」

「そうや、そうや」

私も見覚えがあった。遠くから見て、すぐに間違いないと感じていた。車を降り、あたりの路地を歩く。

赤茶けた山並みを、厚ぼったい雲が覆《おお》っていた。近くには笛吹川《ふえふきがわ》が静かに流れている。私たちは十六年前の社員旅行の思い出を辿《たど》っていた。

記憶では近くに善光寺があるはずだ。そういえばあの時、境内で写真も撮ったじゃないか……。

私たちは隣町の甲府に移り、善光寺を参拝した。

「善光寺いうたら、長野にもあるな」

参道を歩きながら妻に言った。

「長野のほうが有名やね」

「ほんならひとみ、明日は長野へ行くか」

途中、甲府駅に立ち寄る。駅前の広場にホームレスが見えた。

段ボールで作った家、そこで三人の男が座り込んで話していた。離れたところには若い男、髪が伸び放題だった。

妻は駅のトイレに行った。私は妻を待つ間、じっと彼らを見つめていた。

——最悪の場合、わしもああなるんやろか。

自分の姿がだぶる。そんなことを想像する。

——あのままサラリーマンをやっとればよかったたんや。

思い返し、溜《た》め息《いき》をつく。

ホームレスのひとりが煙草《たばこ》の吸い殻を拾っていた。真っ黒な手で摘まみ、火を点《つ》けた。

——みんな事情があるんやろな。

しかし私は、不思議と嫌悪感《けんおかん》は覚えなかった。

「ホームレスより、少しいいだけの生活、か」

口にして、何だかおかしくなった。苦笑して息を吐く。

——あん時も、そんなことを言っとったな。

私は二度目のひとり旅を思い返していた。それは妻の手術が終わった頃から、密《ひそ》かに考えていたことだった。

「お母さん、悪いとこ、とれたよ」

妻は術後の経過もよく、こころなしか顔色も良くなったようだった。

「はよう、退院できるとええのにな」

七尾の病院。ベッドに横になった妻は、繰り返しそう口にしていた。自分の病気のことを質問するわけでもない。

「大丈夫や、お母さんは若いんやから、すぐや」

私は必ずそう答えたものだ。

この一週間前、妻は検査のため福井の病院にいた。

――顔色が悪すぎる。

金策に失敗し七尾に戻った私は、妻の様子が気になっていた。疲れとるだけかもしれん、まあ念の為《ため》や。自分にそう言いきかせ、私は妻を病院に連れて行った。もし入院ということになると、七尾からは通いづらい。住まいもいっそ福井にしようかなどとも考え、身の回りの荷物も少し車に積んだ。

福井には妻の姉もいる。ちょうどいいじゃないか。そこで仕事が見つかれば、それもいい。七尾にいるよりそのほうが気も楽だ。私はまだ妻の病状を楽観していた。

妻はそれまでに、病気らしい病気に罹《かか》ったことがなかった。ただ一年ほど前から具合が悪いことは、私も知っていた。風邪をひいても治りが遅い。多少、貧血ぎみ。仕事も休みがちだった。

「一度、診てもらったほうがええよ」

私は言ったことがある。口臭がする。妻は歯医者に行った。もちろん、歯は何ともない。そのまま、うやむやになっていた。

福井の病院でレントゲンを撮ると、影が出た。

「すぐ手術したほうがいい」

医者は言う。

「相当、痛みがあるはずですが」

妻はずっと我慢していたのだった。私が留守の間、病院へ行くことになるのが嫌だったからだと言った。

「やっぱり手術ということになれば、七尾のほうが安心やな」

紹介状を貰《もら》い、私たちは早々に七尾に戻った。

精密検査の結果、妻は手術をすることになった。

「心配いらん、悪いところをとるだけや」

私はそう声をかけ、妻は手術室へ消えていった……。

その日から私は忙しかった。親族会議の結論通り、自己破産の手続きのため弁護士と相談を始め、合間をみては病室を訪れていた。

義兄は連日、私を連れまわしていた。金策のため方々をまわり、頭を下げる。私に融通した金だけでも回収したいのだった。甥《おい》も言っていた。

「貸した分だけでも、何とかならんかの」

しかし自己破産を決めていながら、それ以上借金することは出来ない。

「それじゃ、事件沙汰《ざた》になりますよ」

弁護士はそう忠告していた。

私は何も言えなかった。保証人になってもらっている、迷惑をかけている、それだけでも辛《つら》かった。穴埋めのため金を借りることを強要すれば、義兄のやっていることは恐喝にもなりかねない。しかし、面と向かって意見できない、話もできない。

——知らないところへ行くか。

妻の世話をしながら、私はそう考え始めていた。

——どこかでもう一度、やり直そう。ひとみとふたりで。

私は身の回りのわずかな荷物を、車に積み込み始めた。夜中、ひとりで七尾のアパートを訪れ、少しずつ整理した。もう暮らしていないけれど、借金の関係上、完全に引き払うわけにはいかない。許される範囲内で、私は必要なものだけボンゴに運んだ。

「ちょっと用があってな、わしは退院には付き合えないわ」

娘にはそう言い含めておいた。

それからまもなくのことだった。私は再び七尾を後にした。

住居と職を捜す、そのための旅——。

「迎えに来るから」

病室で、妻にその一言だけを伝えた。

「絶対やよ……」

妻は言った。私は頷いた。

預金通帳は弁護士に預けたままだったが、手元には六十万円の現金が残っていた。ふた月ほどが経《た》ち、全財産は減っていた。しかし、十一月三日付けで従業員は解雇、工場は閉鎖としたから、彼女たちには労働基準監督署から金がいっている。救済金だった。

――いずれにせよ、これからは節約せんとな。

私は自炊を決めた。米を買い、ガスコンロとキャンプ用の食器を購入した。食器は鍋《なべ》の役目も兼ねたもの。米を炊《た》き、野菜ばかりの味噌汁《みそしる》を作る。まな板はいらない。段ボールの上で野菜を切る。釣り用のナイフが車にあった。

公園でひとりそうしていると、恥ずかしい。人目が気になる。車の中でするわけにもいかず、段ボールで調理用の囲いを作った。風を遮り、これは重宝した。

始めた頃はカレーを作ったこともある。でもこれは手間がかかったので、その後、しなくなった。余った米は握り、翌日用にした。野菜はキャベツひと玉あれば数日もった。雨の日はスーパーで太巻きを買う。一本あれば、一日暮らせた。少しの贅沢《ぜいたく》はフリカケ。たまにレトルト食品などを食べたくなったが、我慢した。水は公園で飲み、ジュースなども買わない。洗濯も公園だ。今回は着替えも少し持っている。夜は毛布があった。私は店で食事をすることもなく、酒も一滴も飲まなくなっていた。煙草も止《や》めた。

「ホームレスより少しいいだけの生活やな」

車の中、荷台に横になり、そう思う。

だけど今回の旅は、違う。前回の放浪とは違う——。

死を考えることは、もうなかった。

私の毎日は職安をまわることに費やされていた。北陸を中心に毎日覗《のぞ》いた。虱潰《しらみつぶ》しに見てまわった。職安の求人票は毎週変わるから、同じ町を何度も訪れる。七尾にいた頃、私は職安に求人票を出す側だった。自分が探す側になるとは、思ってもいなかった。

職安はどこも混んでいた。失業保険でも貰っているのだろう、職を探さないで隣と喋《しゃべ》ってばかりいる人もいた。

「あそこで仕事しましたわ」

「金はどうです」

そこで知り合ったもの同士、友達のようにしている。私はまわりと話すこともなく、ひとり求人票を眺めては手帳に書き写した。

求人票を見る時、縫製業に目が行った。今の状況はどうなのか、気になる。同業者の知った名前を時々目にした。

——あそこはこれくらいの賃金でやってるんか。

妙に感心したものだ。そこへ行けば、きっと雇ってくれる。

「お前、しょうがないさ、これぐらいの給料で」

そんなことを言われる光景が浮かんだ。

私は腕には自信がある。何も同情で雇ってもらわんでもええ。ふと強気になる。

——安いもんや。

立場が変わるとそんなことも思うものだ。うちの工場では女の子に七百二、三十円払っていた。今度自分が他へ勤めるときにも、やっぱり同じくらいの賃金になる。複雑な思いがした。

——いやそれでもいい、一職人として使われるぶんには構わない……。

しかし縫製業に男性の求人はなかった。

業種は選んでいられなかった。メモした電話番号に、かたっぱしから電話をかけた。

「面接したいんですが」

どこも反応はよくなかった。私も面接する側だったから、電話の応対でわかる。

――職安の手前、求人票を出してるんやな。

そう思ったところはいくつもあった。

車の中には工場で使っていた経理用の集計表が放ってあった。表紙は少々汚れ、数枚が折れていた。タテヨコに細かい線が引いてある。私はそれを一枚破り、妻に手紙を書いた。

「必ず、迎えに行くから」

職安の駐車場でそう走り書きし、自分の名を記す。封筒は仕事で使っていた茶色のもの。いる場所もそれ以外のことも書かなかった。そのままポストに投函《とうかん》した。

年の瀬がやってきていた。町がいくぶん慌《あわただ》しくなったような気がした。雪が舞う。あちこちに派手なイルミネーションの灯りが点《とも》り、昼間から点滅していた。

大晦日《おおみそか》、私は富山市内のサウナに行った。ささやかな贅沢のつもりだった。毎日寒く、ボンゴもばりばりに凍り付く。風呂《ふろ》は久しぶりだった。

開いていたラーメン屋に入る。客は誰もいない。テレビを見ながら、ラーメンをすすった。もう紅白歌合戦も終わっていた。私はその年をカウンターで越した。

——みんな、どうしておるやろか。

毎年、年を越すのは家族三人でと決めていた。工場の経営で忙しいことを理由に、私は家族旅行などしたことがなかった。唯一《ゆいいつ》、大晦日だけは金沢まで出掛け、一泊する。サウナと温泉が一緒になったレジャー施設、「ルネス」といった。

「一年に一度くらいは家族サービスせんとな」

私は決まって妻と娘の前で言っていた。

「そうや、そうや」

娘が囃《はや》し立てる。

「ほんとや、オッサン」

妻が笑う。

——去年も行ったな。

娘が中学生の時からだから、都合六年も続けていたことになる。年が明けると近くの尾山神社まで初詣《はつもうで》に行く。

市内一の繁華街、香林坊《こうりんぼう》のすぐ裏手。近くに城跡があり、兼六園の濃緑色の茂みが見えた。大勢の人影、冬の景色、灯籠《とうろう》の揺れる灯り、立ち昇る白い息……。

ラーメン屋を出た私は、その足で神社に行った。富山市内、住宅街の一画に、目立つことなくぽつんとあった。

初めて行く神社だった。車でまわっていて、そこにあることは知っていた。町の小さな神社は混んでいた。しかし、待たされるようなことはなく、私は人波に逆らわず、自然に流れのまま進んだ。

その年、私の初詣は静かに終わった。

長野の善光寺へ向かう道、突然、バックミラーに富士山が映った。道路の真上、何も遮るものがない。私は車を路肩に急停車させた。

「すごいわ、ほら」

「こんなところから見えるとは思わんかったな、ひとみ」

「ほんとやわ。きれいやなあ、富士山は」

妻も興奮していた。

「昨日は見えんかったからな」

前の日、駿河湾《するが》の三保の松原に私たちは寄っていた。

「浜辺から見る富士は絶景やと、聞いたことがあるわ。行ってみようや」

「オッサン、楽しみやね」

ところが、富士山は曇っていて見えなかった。

——これはあかんわ。

三保の海岸も、松は枯れていて寂しいだけのところだった。妻はひとり離れ、海を見ていた。私は妻を連れてきたことを、内心後悔した。しかし、今日は富士山が見える。しかもこんなにきれいに。

「よかったな、ひとみ」

運が良かった。もう富士山を見ることはないかと、私は諦《あきら》めていたほどだ。妻に見せることが出来た、私は感謝していた。

山頂は雪で真っ白だ。青い空が晴れ渡る。私も妻もいつのまにか手を合わせ、富士に向かって祈っていた。

甲府から韮崎《にらさき》、諏訪《すわ》、岡谷《おかや》、塩尻《しおじり》……。

翌日、昼に松本を通過する。三月も明日までだ。七尾を出てからの走行距離が、ちょうどこの時二千五百キロを指していた。

——五ヶ月ぶりや。

私は前年の十月に金策のため、ひとり長野を訪ねたことを思い返していた。あの時は道を闇雲《やみくも》に走るだけで、何の成果もなく長野を去っている。

——今はもう違う。

善光寺の広い境内を歩きながら思う。

——もう一度、やり直せる。ひとみと一緒に、やり直せる。きっと、うまくいく。

しきりにそんな気がした。

「立派なもんやなあ、ひとみ」

本堂で手を合わせる。私は妻が再発しないよう、胸の内でお願いしていた。

——ひとみも元気や。大丈夫や。

合わせた両手に力が入った。

「沙織、どうしてるかな」

妻がぽつりと言う。善光寺には家族連れが多かった。土産物屋はどこも賑《にぎ》わっていた。

「いったん帰るか、ひとみ」

妻は喜んで、駆けるようにして電話に向かった。娘に連絡する。姫路でかけてから、もう二週間が経《た》っていた。

朝を待って、長野から松本に戻る。穂高、大町、白馬、糸魚川《いといがわ》……。

私たちはまっすぐに向かった。富山を通り、能登へ——。

およそひと月ぶりの見慣れた風景だった。

「帰れるとええんやが、そうもいかんからな」

七尾の近く、待ち合わせの場所は羽咋《はくい》にした。人の目は避けたい。すぐそばまで来たものの、やはり七尾市内には入れない。

「沙織、今着いたよ」

もう一度、娘に電話をし、落ち合ったのは夜七時過ぎ、市内のホームセンターだった。並びにあるファミリーレストランで食事をする。

「元気でやっとるよ」

終始、そんな会話をした。

「もう一回、このへんで仕事を探してみようや」

娘夫婦と別れ、私は妻に言った。

「そうやね」

「一回転したからな。大丈夫やて、きっと見つかる」

翌四月一日、新しいスタートは加賀から始めた。

芦原《あわら》温泉、東尋坊、三方《みかた》五湖のほうまで足を伸ばす。近隣の温泉地に住み込みの仕事を探すため、二週間ほど精力的に職安をまわった。

宇奈月《うなづき》温泉には民宿の求人があった。トロッコで行く山奥の宿。せっかくだったが重労働になるかもしれないと考え、これは止めた。自分だけというわけにはいかなくなる、万が一にも妻にきつい仕事はさせられない。

片山津温泉の銭湯に入る。風呂上がりの妻の頬はほんのりと紅《あか》かった。

「何や、オッサン」

「いや」

「何か、恥ずかしいわ」

妻に言われて目を逸《そ》らす。

「疲れてないかと思ってな」

「平気やよ」

安心し、近くの温泉街を散歩する。

一日に走る距離は少なくなっていった。

それまではコンビニの弁当が多かったが、この頃から私は、再びキャンプ用のガスコンロで料理をするようになっていく。

「これはそん時、こしらえたんや」

段ボール製の囲いを妻に見せた。

「カレーを作ったこともあるんよ」

私はひとりでの車中生活を振り返り、妻に話した。

三国ではワカメをとった。駐車場に戻り、味噌汁にして食べた。敦賀で若狭湾に沈む夕日をふたりで見て手を合わせた。津幡まで行き、湧《わ》き水を空いたペットボトルに汲《く》んだ。

「ここの水は身体《からだ》にいいんやよ、ひとみ」

私の実家のすぐ近くだった。私が子供の頃、そばには造り酒屋があった。ここの水を毎日飲んで、体調が良くなったという人の話を聞いたことがある。

隣の町に住む友人を訪ね、珍しい漢方薬を譲ってもらう。妻は近くの海岸で待っていた。妻に話し、一日二回服用することになった。

その日はそのまま、波の音を聴いて過ごした。ふたり並んで砂浜に腰を降ろした。

日本海は穏やかに波打っていた。風が顔に暖かい。西の空はごく淡い紅色に包まれ始めていた。

――春が来たんや。

私は妻の横でひとり思った。

白い波頭が低く寄せては、静かに消えていった。波の音が耳に心地よい。私は砂浜に両足を投げ出していた。

——ええ気分や。

私は時間が止まってしまったような感覚を覚えた。何もかもがなかったことのようにさえ、感じていた。ひとつ、大きく深呼吸をした。

「早ければ三ヶ月くらいで再発しますよ」

突然、医者が言った言葉が耳の中で響いた。堰《せき》を切り、溢《あふ》れるように……。

——手術からもう、四ヶ月経っとる。

病院の窓の外を舞う枯葉、手術を終え眠る妻、銀の皿。

一瞬、視界が歪《ゆが》んだ。遥《はる》か沖合いを小さなイカ釣り船が行った。

実家の暗い部屋、ソファーにもたれかかる妻、そして赤い肉の塊……。

目の前に、押し寄せるようにいっぺんに浮かんだ。

妻は黙って海を見つめている。頬が夕日を浴びていた。顔色がわからない。私は急に息苦しくなった。

紅色が急速に濃くなっていく。白く霞《かす》む雲が、燃えるように紅く染まっていった。

「再発はしとらんよな……」

私はそう声をかけたい衝動を、懸命に抑え続けていた。

第五章　夏の海辺、死の影

お父さんへ
手紙ありがとう。

私が心配しているとは想像もつかないある人が、「そんなに弱いお父さんじゃないやろ。絶対、あの人はできる」と言ってくれた日から、少し気持ちが楽になった。

昔から挫折《ざせつ》は早い方が良いと言う。

なぜなら苦労した人や、どん底を経験したことのある人は、芯《しん》のある人間になれるから。何も苦労した事のない人は毎日、楽な道しか選ばずに、壁にぶつかった時、何もできない。


一九九九年四月七日、福井——。

妻は公園のトイレに洗濯に行っていた。私はダッシュボードの中から手紙を出し、ひとり広げた。ひと月前、七尾を出発する際に、娘から手渡されたものだった。

だから、今のお父さんにとっては人生で自分の力を見せられる大きなチャンスだね。いきなり大きすぎる壁。でもここで人間としての評価を人からしてもらえる。のんびり人生を送る人は何の評価もされず、何の存在感もなく、終わってしまう。だからこそ乗り越えてもらいたい。

茶色の封筒に緑色の蛙《かえる》が描かれていた。便箋《びんせん》のまわりでも、丸い文字を囲むように同じキャラクターが笑っている。一匹ずつ指を当て、その数を数えた。

「ブジ・カエル」

十四匹の蛙。その輪の中で、手を繋《つな》いだ二匹の蛙の腹にそう書かれていた。

私は妻を待つ間、運転席でそれを眺めていた。

お父さんはもう疲れてしまったかもしれないけど、今から始まるのです。私のお父さんはどこまでがんばれる人なのか、どこまで耐えられる人なのか。

お父さん、強い親子になりましょう。今からが世間と勝負。

沙織より

顔をあげると、春の空が広がっていた。空を覆《おお》う雲がずいぶんと薄くなった。もう雪はちらつかない。柔らかい陽射《ひざ》しが溢《あふ》れ、目に眩《まぶ》しいほどだった。

――沙織はどうしておるやろか。

娘のことを思う。

「もう少し、大事にしてやればよかったわ……」

数日前、妻が言っていた言葉を思い出す。

「オッサン、私は沙織に冷たかったんやないの」

その時、妻はそう言った。突然のことだった。

「もうええって、ひとみ」

妻は黙ったが、まだ何か言いたそうだった。

私は上手に妻を慰めることが出来ず、苛立《いらだ》った。妻が娘のことを気にしているのは、前からわかっていたことだ。

娘が大きくなってからも、妻はしょっちゅう娘と言い合いをしていた。私はよくそれを止めたものだ。妻は娘に手をあげることさえあった。

「二人とも、やめえって。お母さん、何をいらいらしとるんや」

私は妻を叱《しか》った。娘は早くに結婚し、家を出た。

「沙織がええな」

娘が生まれた時、娘の名をそう希望したのは妻だった。

「わしはええよ、それで」

私は私で頭を絞っていた。いくつか候補を考え、それなりにそれぞれの名に意味を持たせていたものだ。しかし妻が言うならと、その名にした。それは当時流行の歌手の名で、若い妻はファンだった。一九七八年のことだ。

「実家には帰りたくないわ」

出産後、病室で娘を抱え、妻は言った。その一年ほど前、義父は亡《な》くなっていた。病院から妻はまっすぐにアパートに戻り、私は娘の面倒と妻の世話と、両方を見ることになった。妻は産後の肥立ちが良くない。出産前、悪阻《つわり》も酷《ひど》かったから、私はその後の子供は諦《あきら》めようと考えていた。

娘にミルクをやり、妻に食事を作る。ひとり暮らしが長かった私にとって、それはたいした苦でもない。

私は子供が好きだった。

十八、九の頃から、工場にあった保育園によく出入りしては子供と遊んでいた。歌を歌い、ゲームをした。時には母親の迎えが遅くぐずる子と、一緒に母親を待った。暮れになるとサンタクロースの扮装《ふんそう》をするのが私の楽しみだった。ケーキやプレゼントを手にして保育園を訪ね、みんなで祝った。

娘は私によくなついた。どこへ行くにも私の後ろを従《つ》いてきたものだ。私もまた、そんな娘を可愛《かわい》がった。

逆に、妻は娘とどこかうまくいかない。妻も妻だ、娘相手に感情を剝《む》き出しにすることもたびたびあった。何かの折、私が娘に人形を与えたら、妻が欲しがったことがある。あの時は娘と取り合いのようになっていた。

——ひとみは寂しかったんやないやろか……。

妻が帰ってくるのが見えた。ゆっくりゆっくりこちらに向かって歩いている。手にはカゴを抱え、立ち止まり、道端の木々を眺めていた。歩き出し、空を見上げた。

私は車を降り、途中まで迎えに行った。

「ひとみ、あっちが能登や」

目の前に深い緑色の丘陵がいくつも続いていた。起伏がだんだん緩やかになったその下に、薄緑の平野が広がる。海が横たわる。右の方角が能登だ。私は平野の先を指差した。白く霞《かす》む中、海岸線の輪郭が少しだけ見えた。

四月十日。

私と妻は水を汲《く》みに宝達山《ほうだつさん》に来ていた。

「ここよりええんよ、宝達山のは」

津幡《つばた》で湧《わ》き水を汲んでいた時、隣にいたおばあさんが言っていた。

津幡の水は十分にいい水だった。匂《にお》いもしない、飲むと身体に染《し》み入る感じがする。

それまで公園の水道水ばかり飲んでいた私も妻も、これには満足していた。

「ここのはまだ泥臭いんじゃ」

おばあさんが顔をしかめる。

「これで泥臭いいうんじゃ、宝達山のはどんなや」

「ほんとやね、オッサン」

私は妻に宝達山の水を飲ませたかった。

宝達山は標高六百三十七メートル。津幡から七尾に向かう途中にある。私は子供の頃、その山を見て育った。小学生の時には遠足で登った記憶がある。

「宝がいっぱい採れるゆうてな、それで宝達山いうんや」

幼い時分、誰かからそう聞いたことがあった。昔は金や銀を掘っていたという。薬草も自生しているそうだ。私は妻にそんなことを説明しながら山道を行った。

曲がりくねった坂道は狭かった。生い茂った葉がワゴン車の横を擦《こす》る。黄色い葉、赤茶けた葉、蔓《つる》が飛び出しては、窓を押し付けた。時折、ふもとの景色が小さく覗《のぞ》く。右に左に日本海が煙って見えた。

広い駐車場で車を降り、そこから歩く。三百六十度、遮るものはない。ただ近くに聳《そび》える電波塔が邪魔に思えた。

展望台の手前に神社があった。妻とふたり手を合わせる。

「ひとみ、ここにはな、小学生の時よう来たんや。それ以来や」

私は妻と歩いては、その方角の眺望を楽しんだ。日本海を眺めた後、反対側まで行き、立山連峰を望んだ。

「ええ景色やな」

吹き渡る春の風は気持ち良かった。頬を撫《な》でて過ぎて行く。

「見えるか、ひとみ。ほら、立山や」

妻が小さく頷《うなず》く。

山頂から少し下った場所に水は湧いていた。草の陰、傍らにプラスチックのコップが三つ伏せてある。私は手を水に晒《さら》し、しばらくそうしていた。掌《てのひら》で掬《すく》い、口にする。

「どうや、オッサン」

「こりゃ、うまいわ。きっと身体《からだ》にええわ」

柔らかい味がした。津幡のより冷たい。

――身体に効きますように。

私はそう祈りながら、ペットボトルに水を詰めていた。

翌日は津幡から北陸道を東へ向かった。倶利伽羅《くりから》トンネルを抜け、小矢部《おやべ》へ入る。

以前、ひとりさ迷っていた道を、再び走る。

――あん時は、どうしても曲がれんかったな。

後ろ手に宝達山が遠のいていく。春の麗《うら》かな景色がまわりに広がる。冬の日、ひとり、取り憑《つ》かれたように車を走らせていたことが、ひどく嘘《うそ》のように思えた。

――またこうして来るとはな。

妻を見る。妻は窓の外を向いていた。

――田植えも、もうまもなくや。

緑豊かな砺波《となみ》平野を窓越しに眺めながら、私たちは富山を目指した。

「ひとみ、この店やよ」

富山に着いた私たちは、市内をまわった。

「まだあったんや」

フィリピンパブ「アゲイン」の白い大きな看板を妻と見上げる。濃い煉瓦色《れんがいろ》の建物は、昼のプラスチックの板を通し、中の梁《はり》が薄く透けて見えた。

暖かい陽を受け、静かに影を落としていた。

「私もここを捜しに来たんよ」

「それ聞いた時は驚いたわ。ちょうど、その頃のことやったから」

妻を連れ、前の年に来た道を辿《たど》る。提案したのは私だった。

「やっぱりこのへんにいたんか、オッサンは」

「ああ、近くにな」

あの時はひとりだった、でも今は妻と一緒だ。半年前のこの店でのことが、懐《なつ》かしくさえ感じる。

「すまんことしたな、ひとみ」

「ええよ、もう」

陽射《ひざ》しが目に痛い、少し汗ばむほどだ。「アゲイン」のシャッターは閉まっていた。

「でもな、あん時は救われたんやよ……」

私は半年前訪ねたその店での出来事を、一部始終妻に話していた。

「店の女の子に励まされてな」

城址《じょうし》公園の新緑が映える。富山城の小さな天守閣が少し見えた。

「オッサン、後からふたりで店に入ろうか」

「もうええって」

妻は私を責めるわけでもなかった。私も笑いながら答えていた。市内を車でまわりながら、私はいちいち説明した。

「この道を通ったわ」

「あそこで寝たんよ」

職安を見てまわる合間のことだった。

「オッサン、前に浮気したやろ」

車中、妻はそんなことも聞く。

「そうやな」

私はハンドルを握りながら、気軽に答える。私には妻は楽しそうにさえ見えた。

「フィリピンやろ、オッサン」

もう何年も前のことだった。妻は気づいていた。

一日、富山で過ごした後、私たちは八号線をゆっくり北へ向かった。富山から滑川、魚津を通り黒部へと進む。

日本海は穏やかだった。静かに波が重なっていた。私たちはその海面を左に見ながら、北上した。道路は海岸線に沿って緩やかにカーブを続けていた。

四月十六日、富山を離れて四日目に新潟との県境を越え、糸魚川に入る。姫川の堤に車を停め、私は妻に言った。

「ちょっと待ってえや」

私は車の後ろから長靴を引っ張り出した。しばらく履いていなかった。少し埃臭《ほこりくさ》い。履き替えて川原に下りた。

姫川は独身時代、友人と来たことがある。翡翠《ひすい》を採るためだった。

——何かないやろか。

私は妻にあげる石を探していた。

——これは翡翠やろか。

時々、手にとっては眺めた。

素人目《しろうとめ》には翡翠かどうか、まったくわからなかった。いくつか拾っては、大きな石の上に置く。そしてまた、川辺を歩いた。水の中も覗いた。

「ないもんやな」

妻とはいくつもの観光地をまわっていたものの、何ひとつ買っていない。何か記念になるものを贈りたい、そう思い一時間ほど目を凝らして歩き回ったものの、これといった石は見つからなかった。

顔を上げ腰を伸ばす。振り返ると、私は車からだいぶ離れた場所にいた。車の中、助手席に妻が小さく見える。顔はこちらを向いている。ただ目が合ってもわからない、それほど遠い距離だった。

「ひとみ……」

私は急に切なくなった。ひとみはきっと私を見ている。またいなくなってしまうんじゃないかと心配しながら……。

私は急いで車に戻った。

妻は黙って座っていた。私が何をしようとしていたのか、尋ねるわけでもなかった。わかっていたのかどうなのか、いずれにせよ、妻は私をおとなしく待っていた。

私は笑いながら声をかけた。

「ひとみ、知っとるか、このあたりは蟹《かに》がおいしいんやよ。寄ってみるか」

妻が大きく頷いた。笑みが戻り、私は安心した。

「ひとみ、蟹好きやったもんな。うまいもん食べて、精つけんとな」

私は車を発進させると、能生《のう》を目指した。

能生は糸魚川の隣の町だ。そこの道の駅にレストランがあることを私は思い出した。友人と何度か遊びに来ている。土産用にいくつかの鮮魚店も並んでいたはずだ。脚一本二千円、そんな値段だったように思う。

「たまには外で食事するのもええやろ、な、ひとみ」

私は八号線をさらに北へと進んだ。

――あの人はいろんな人に迷惑をかけた。

暗くなった車内は蒸すようになっていた。澱《よど》んだ空気が重苦しい。汗が首のまわりにまとわりつく。私は眠れずに親父《おやじ》のことを思った。

――酒ばかり飲んどった。

早くに亡くなった私の親父は酒好きだった。しょっちゅう出歩いては酒を飲み、遊び歩き、帰ってこないこともしばしばだった。私はよくおふくろに手を引かれ、金沢市内まで親父を捜しに行ったものだ。

——親父のようにはなりたくない。

そう思っていたはずだった……。

父親が村長だったこともあり、生活には困らない。親父は仕事というものをしない人だった。所帯を持ってからも、畑の仕事はおふくろにまかせっきり。自分はほとんど家にいたことがない。

——自分は親の温かさを知らないんじゃないか。

幼心にそう感じた時期がある。おふくろはそんな親父の不在に、私たち五人の子供に言ったものだ。

「他人様《ひとさま》に迷惑かける生き方だけは、してはいけないよ」

おふくろはおふくろで、黙々と畑仕事ばかりしていた。

親父とまともに会話したこともなかった。一家団欒《だんらん》で食卓を囲んだこともない。私は早く家を出たかった。

初めて妻の実家に行った時、突然、結婚を決めたのも、そんなことが影響しているのかもしれない。妻は十八、私が二十九の時だった。

彼女の父親もまた酒好きだった。昔は漁師だったという。私が会った時はもう陸《おか》にあがり、船舶会社の作業員をしていた。家はそれほど裕福ではなく、母親が仕切っていた印象がある。

——一度挨拶《あいさつ》に行ったほうがええな。

そう考えた私は、妻の実家を訪れていた。しかし、結婚するとは思ってもいなかった。だいたい年が離れ過ぎた。ひとまわり近くも違う。

——親御さんに心配かけてもいけないやろ。

とりあえず、そう考えただけだった。

目の前にいる彼女の父親は、うちの親父とは違った。土産を手に帰ってくるような、気のいい人だった。でも、酒飲みの家に生まれ、彼女はきっと小さい頃から寂しい思いをしたに違いない、そんなことを私は想像していた。

「大事にしてやらな、いかん」

妻の実家からの帰り道、私は何度もそう呟《つぶや》いていた。

「何であの子言うたら失礼やけど、お前、今までだっていっぱい彼女おったやないか」

結婚すると言い出した私に、友達らはそう言った。それまで私が付き合ったのはみな同年代、それも捌《さば》けた女性ばかりだった。

——まだ早いんじゃなかろうか。

どの交際も私は結婚にためらい、相手はみな去っていった。十年ほど、その繰り返しだった。

——一生、独身でもええなあ。

私は漠然とだが、そう考えていたはずだった。

——好きっちゅうのとも、違うんやけどな。

私は自分でも自分の感情がよく理解できなかった。ただ、「結婚って縁のものや」と、感じ始めていたのを覚えている。

——子供を騙《だま》すようなことはしたくない。

そう思った私は再び妻の実家を訪れている。最初の訪問から、それほど日は経《た》っていない。未成年の彼女と一緒になるのには、親の承諾が必要だった。

「身一つでくればええさ」

独身生活も長く、同棲《どうせい》までしていた私の部屋には、生活に必要なものはたいてい揃《そろ》っていた。結婚にかかる費用はいっさい自分が持つし、嫁入り道具もいらない。私はそう伝え、妻をアパートに迎えた。

一九七七年、三月六日のことだった。

「ひとみ、ここまで来たし、もう一度琵琶湖《びわこ》へ行くか」

私たちは福井を南下していた。季節はもうすぐ六月だ。

「あの時はゆっくり見られなかったからな」

三月に一度、琵琶湖湖畔を通っている。

「そら、ええわ」

私たちは目的地を決め、北陸道をまっすぐ行った。

敦賀で左に折れる。塩津から琵琶湖に出る。竹生島《ちくぶしま》が見えた。緑豊かな島が湖面に浮かぶ。

湖西線の鉄路とアスファルトの道が交叉《こうさ》する。数日で急に強くなった陽射しを受け、線路は鈍く光っていた。風が心地よい。湖面はきらきらと反射している。

「ひとみ、見てみい。広い湖やな」

助手席の向こうに琵琶湖が広がっていた。妻はほとんど振り向かず、外を見ている。ドアにくっつくようにして、私に背中を見せていた。私は妻の背に目をやっては、時々声をかけた。妻は私の話を聞いているのか、たまに頷くばかりで姿勢を変えない。

車は琵琶湖大橋に差し掛かった。

「能登島《のとじま》大橋と変わらんな、オッサン」

妻が突然、振り返る。私たちの話題は七尾に戻る。市内の北部、和倉温泉から延びる有料橋の話になっていた。

日が傾き始め、私は車を停めた。

「若狭の夕日のほうが、きれいや」

「わしは能生やな」

私は新潟で見た夕日をあげた。ついひと月ほど前に、妻と見た景色だ。

富山から新潟、仙台、山形、高山と私たちは足を伸ばしていた。新潟県内にはひと月ほどいた。しかしどの町でも何の収穫もない。

職安に寄るのは習慣となっていたけれど、就職先は決まらなかった。観光名所もいくつか訪ねた。しかし目新しさを感じなくなっていた。唯一《ゆいいつ》、印象に残っているのは、仙台の青葉城公園で桜を見たことくらいだ。

その頃から、私たちは決まって夕方になると、車を停めるようになっていた。沈み切るまで、ふたりで夕日を見ていた。琵琶湖に来る前にも、日本海で毎日のようにそうしていた。

「オッサン、私も働いてみようか」

外に雄琴《おごと》の街の景色が流れていた。ソープランドの看板に灯が点《とも》り始める。もう少し遅い時間なら、さぞ怪しい雰囲気だろう。私は妻に「ここはすごい地区なんやよ」と説明していた。

「昔やったらな。今じゃ腹に傷あって、とてもじゃないがあかんて」

私は妻と笑い合った。

私は独身時代、金沢の「トルコ風呂」へ行った話もした。

「女の子がな、ホットパンツ縫ってくれ言うたんや」

私は「トルコ嬢」に頼まれごとをされたことも、妻に話していた。妻はずっと笑っていた。

聞かれてもいないのに、私は饒舌《じょうぜつ》だった。

こんなに妻と喋《しゃべ》ったことはなかった。七尾を出てから三ヶ月、私は時折、夢のような錯覚を覚えた。

時間を過ごすのに、海辺はよかった。長い時間、駐車できる。金もかからない。そして何より海を見ていると時間が過ぎた。

琵琶湖周辺に十日あまりいた後、私たちはまた北陸に戻っていた。

氷見《ひみ》、高岡、新湊……。

私たちは富山湾に沿った町を行ったり来たりしていた。西側から北に連なる宝達丘陵を越えれば、そこは私たちの暮らした町だった。

——すぐ近くにおるんやな。

低く広がる丘陵を望むたび、私は思った。

——いずれ戻らなきゃいかんのやろうが……。

目を逸《そ》らし、湾を向く。穏やかな海がいつも見える。

海沿いの町には海水浴場や公園が続いていた。島尾、雨晴《あまはらし》、海王丸パーク、日本海マリーナ……。私たちはそこに二日いて他へ移り、また戻るといったことを繰り返していた。同じ場所ばかりにいると目立つから、少し移動する。行動半径は極端に小さくなっていった。

海岸に沿った一本道を何度も行き来した。約三十キロの道のりをゆっくりと走る。時々、道から少し入り車を降りる。ぶらぶらと見物をする。

氷見の海浜植物園を外から覗《のぞ》く。ガラス越しに見たこともない熱帯植物が、鬱蒼《うっそう》と生い茂っていた。海王丸パークに係留されている大きな船を見に行く。立派な帆船がゆったりと海に浮かんでいた。

いずれも入館すれば料金がかかるから外から見るだけだった。しかし、眺めているだけで時が経つ。

島尾海岸には猿がいた。

氷見市内、南のはずれ。脇《わき》を氷見線の単線が走る小さな海岸だった。時々、おもちゃのような列車がゆっくりと行く。遮断機が上がると、あとにはゆらゆらと熱気が漂った。少しばかりの防風林に囲まれた海辺の小公園。八匹の猿は檻《おり》に入れられ飼われていた。

高さ三メートルほどの檻は、赤い柱の上に褐色の屋根の小屋だった。猿は一ヶ所に落ち着かず、いつも狭い檻の中を飛び回っていた。天井からぶら下がった古タイヤを揺さぶっては、梁《はり》に飛び移る。

私と妻は毎日のように、その公園に立ち寄るようになった。道すがらハマナスのまだ小さな実を取り、ビニール袋いっぱいに入れていく。

〈餌《えさ》をあげないで下さい〉

檻の前に看板が立っている。

「何もチョコレートをあげるわけでもないがな」

自然のものならいいだろう、私はハマナスの赤い実を猿に与え続けた。

「ほら、食べえ」

猿は金網にへばりつき、檻から口を突き出す。

海からの風がすがすがしい。私たちは波打ち際《ぎわ》まで行き、砂浜を裸足《はだし》で歩く。沖では若い人たちが、波乗りをしていた。

「ひとみ、氷見漁港や」

島尾海岸から富山湾を望む。青く静かな海原が広がっていた。

「もう夏やな」

海面の無数の輝きが、目に目映《まばゆ》かった。視界の左側にはなだらかな山並みが続いている。際立って高さを誇る山もない。そのふもとに小さな港が見えた。漁船が吸い込まれていく。

「よう見えるな、オッサン」

対岸には高岡のコンビナート、そしてその向こうにはいつも立山連峰が聳《そび》えていた。

立山連峰は切り立った壁のようだった。横にずっと連なる頂きの上に雲がかかり、煙っていた。私は妻と砂浜に腰を降ろしては、それを見ていた。

そのうち、私は猿の檻を掃除するようになった。

猿に餌をあげようと子供たちが来ては、パン屑《くず》を散らしていた。雀《すずめ》や鳩《はと》がそれを狙《ねら》い、檻の前は糞《ふん》で汚れていた。手すりは真っ白だ。子供がそこを触る。私はそれが嫌だった。

水道の蛇口はすぐ近くにあった。私は勝手に掃除用具を取り出しては水を撒《ま》き、ブラシをかけた。排水のつまりに手を入れて、砂を掻《か》き出す。水に濡《ぬ》れたパン屑を刮《こそ》げ取る。それは、いつのまにか私の日課となった。

「私らも長年やっとるけど、あんたみたいな人は初めてじゃ」

時々訪れる市の掃除係が驚いていた。白い作業服のおじいさんとおばあさんだった。軍手をし、手に箒《ほうき》を持っていた。

「汚いやろう。気になって仕方がないんや」

私は靴を脱ぎ、汗をかきながら檻のまわりに水を撒いていた。

「猿が好きなんだねえ」

「そうでもないんやけどな」

動物は七尾にいた頃、インコを飼った程度だ。

——何かいいことをすれば、きっとひとみにもいいことがあるんじゃなかろうか。

掃除をしながら、私はそう念じていた。

「わしらの仕事がなくなるわ」

笑いながらおばあさんが、近くで枯れ葉を掃いていた。松林には花火の燃えかすや弁当の空き箱も散乱していた。私は一緒になってあたりのゴミを集め、草むしりをする。夏草の青い匂《にお》いがした。

私がそうしているのを、妻は少し離れた木陰のベンチでいつも見ていた。

「臭いから嫌や、虫もいるし」

妻は檻に近づかない。私は掃除が終わると妻より手前のベンチに座り、また猿を眺めていた。

いつも血だらけになっている子猿がいた。餌をやっても必ず取り遅れていた。運良く手にしても、他の猿に襲われる。檻の中だから逃げられない。

——厳しい世界やなあ。

私は檻を見上げながら、そんなことを感じていた。

時々、山を越え津幡まで水を汲《く》みに行く以外、私たちは氷見市内で過ごすようになる。十キロほどの海岸沿いを行ったり来たりするだけ。そして週に二回、職安に通う。

「暮らしやすくてええところや」

「そうやね」

「ここで暮らせたらええな、ひとみ」

氷見はずいぶんと肌に合っていた。

夏の陽射《ひざ》しは強くなっていくばかりだった。じっとしていても汗が吹き出す。車の中や海岸で過ごすのは体力を消耗するだけだ。私たちは日中の一番暑い時間帯、デパートや大型スーパーで時間を潰《つぶ》すようになっていった。

氷見にはないから、高岡まで足を延ばす。何を見るともなしにフロアをまわり、休憩所で涼む。

「ひとみ、大丈夫か」

妻は疲れやすくなっていた。フロアを歩いていても休みがちだ。

――顔色があまり良くないな。

口には出せなかった。

「どうってことないわ、オッサン。心配せんと」

しかし妻は、銭湯に行くのは避けるようになった。

「何かな、ふらふらすることがあるんやわ」

「夏だからな……」

身体《からだ》を洗うのに公衆トイレは便利だった。障害者用の広い個室で私たちは汗を流した。

個室の中には手洗い用の水道も鏡もある。すぐに脱げるような服装に着替え、洗面器とタオルを手に個室に通った。やかんに湯を沸かし持っていく。暑い日は水でも平気だった。

「わしが外で見てるから平気や。安心してな、急ぐことはないからな」

私は近くに停めた車で妻を待つ。

「何かあれば呼ぶんやよ。わかってるか、ひとみ」

私たちは交代で身体を洗った。

「オッサン、あんまり食べたくないわ」

妻が時々訴えた。

夏だから食欲が減退している、体力が落ちているのもそのためだ……。病気のことはふたりとも口にしなかった。

「熱いからな、食べづらいな、ひとみ」

米を炊《た》いても食が進まない。

「夏やからな、しょうがないわ、な」

私はスーパーで冷たいままの白飯を買ってきては妻と食べた。おかずはフライやサラダ。これもスーパーで買うから夏は金がかかった。

朝、漁港や魚屋に行き氷を分けてもらう。津幡で汲んできた湧《わ》き水を冷やしておく。もちろん湯冷ましさせたものだ。

「ほら、冷たいで。これなら飲めるやろ」

私は妻の手許《てもと》にペットボトルを置いた。

夕方、過ごしやすい時間になると、私たちは海岸の木陰で寛《くつろ》ぐ。島尾の海岸で相変わらず猿を見る。

「自転車で東京まで行くところなんです」

ある日、通りかかった白髪の老人がそう言った。彼は自転車を引いていた。

「旅をされているんですか」

最初、声をかけたのは私だった。

老人の自転車は前にカゴがついた、主婦が乗るようなものだった。ギアチェンジもない。タイヤの溝がほとんど消えているのに、私は気が付いた。カゴには、派手な色合いのラップに包まれたオニギリが見えた。もう干からびていた。

水色の長袖トレーナーを着た老人は自転車を停め、私の隣に座った。風呂《ふろ》に入っていない臭《にお》いがした。

「私も女房と旅をしているんですよ」

妻は後方のベンチに腰掛けたままだった。

「そうですか」

他愛《たあい》ない会話が続く。老人が膝《ひざ》に置いた手が、爪《つめ》の先から甲まで垢《あか》だらけなのが見えた。

老人が所持品を見せた。現金十二円と汚れたビニール袋に入った数枚のタオル、食べ物。その中に水道のコックがあった。

――なるほどなあ。

私は感心していた。

外にある家庭の水道は、蛇口に取っ手がついてない。勝手に水を使われるからだ。

老人はそれを捻《ひね》るためにコックを持っていた。

老人がパンを私に差し出す。食パンを油で揚げたものだった。少し白い黴《かび》が生えている。

「コンビニで捨ててしまうのを、貰《もら》ってくるんですよ」

老人はパンを頬張りながら説明した。

――そういう手があったんや。

私は妙な納得をしていた。

「飲みますか」

老人がペットボトルに入れた水を勧める。

「いえ、水はわしも持っていますわ」

近くの砂浜から海水浴客の歓声が聞こえた。ずいぶん賑《にぎ》わっている。

——ゆくゆくわしもこうなるんやろか……。

老人から貰ったパンを齧《かじ》りながら思う。

パンは酸《す》っぱかった。しかし不思議と抵抗感がない。パンをくれたことも、有り難いとさえ感じていた。

「仕事がないんですわ。私も妻も」

私は老人とベンチに並んで、とりとめのない話をしていた。

「そうですか、私も縫製の仕事をしていたことがあります」

私の言葉を受け、老人がそんなことを言う。続けて工業用ミシンのメーカーの名をあげた。私も知っている外国の企業名だった。

「八代亜紀のドレスも作りました」

「ほう」

私はいちいち相槌《あいづち》を打っていた。

――そういうことがあるんかいのお。

そうは感じていたが、口にはしない。

聞くと皇室の食事係をしていたこともあるという。老人は皇族の名をいくつか並べた。

「九州では船を造っていました」

「お住まいはどこですか」

「今は東京です。時々こうやって旅に出ます」

老人は紙切れに名前と住所を記し、私に渡す。「練馬《ねりま》区光が丘」とあった。

「私と一緒に商売をしますか」

「機会があればええですね」

私は車の中に放ってあった洋酒瓶を取り出した。半分ほど残っていた。前の年、「アゲイン」のピーチが別れ際にくれた「XO」。料理用に時々、使っていた。

「これも何かの縁ですから、飲んで下さい」

「いいんですか」

老人はペットボトルを手にする。ブランデーの瓶に水を注ぎ、瓶ごと水割りにしていた。そして、すぐにそれを飲み始めた。ラッパ飲みだった。

「また会いましょう」

私はそう言って、老人を見送った。

老人はゆっくりとペダルを漕《こ》いで、松林の中へ消えて行った。後ろの荷台に括《くく》られた合羽《カッパ》が風になびいていた。

振り返ると妻が見えた。妻はいつものベンチから海を見ていた。

入道雲が立ち昇る。白い砂浜には色とりどりのパラソルが、花のように開いていた。

第六章　鈴の音

彼岸花が咲き始めた。お墓参りの人たちが目に付く。妻の様子が急激に変わっていったのは、その頃だった。

「オッサン、ちょっと辛《つら》いわ」

高岡駅前の大型スーパー「サティ」で、妻は不調を訴えた。

「大丈夫か」

いつもなら私の問いかけに平気だと答える。第一、自分から言い出すことなど、それまではなかった。

――再発や……。

私は思わず口にしそうになった。

「涼しくなれば、また良くなるよ」

夏の疲れが出たんや、今年はいつもの年より暑かったからな、私はそう慰めた。

しかし、生活は変えなかった。変えれば病気を認めたようで、暗くなる。妻もデパートに行こうとしきりと言った。

「ええさ、見たかったら」

そうはいっても、妻は歩くのも覚束《おぼつか》なくなっていく。ついには三十分も歩けなくなり、疲れたと言ってはソファーで休む時間が長くなっていった。

「何だかふらつくわ」

「あんまり辛いようやったら、車椅子《いす》借りてくるよ」

妻は公衆トイレに洗髪に行くのが恐《こわ》いと言い始めた。

それからは私が妻の頭を洗うようになった。身体《からだ》もきれいにする。公衆トイレの障害者用の個室で、全裸になった妻を石鹸《せっけん》で丁寧に洗う。車から折り畳みイスを持ち込んだ。湯を沸かしておいて運ぶ。

青白く蛍光灯が瞬《またた》いていた。妻の肌に私の影を映す。

小さな頭から細い首筋、薄い肩……。

――ずいぶん痩《や》せたわ。

私は奥歯を嚙《か》んだ。

一瞬、腹の傷跡が見えた。みぞおちから下の方に続いていた。赤黒い、まっすぐな線が瞼《まぶた》に焼き付く。私は目を逸《そ》らし、妻の背中を見た。あばらが少し浮いている。

「どこが痒《かゆ》いんや」

背中を掻《か》く。妻の細い手をとり、タオルで腕を擦《こす》る。妻は恥ずかしがることもなく、静かにしていた。

「どこか苦しいところはないか、痛いところがあったら言うんやよ」

妻は黙ったまま、返事をしなかった。

「ひとみ、一度、病院へ行かんか」

車に戻り、私はやんわりと言ってみた。しかし、妻は嫌だという。

「入院したら、また離れ離れになるわ」

それだけ言うと、妻は黙り込む。

私は娘に電話をした。娘から叔母に相談してもらう。

叔母には一年ほど前、手術の時に世話になっている。しかし、叔母は電話口で入院の手配を手伝うことを渋ったようだった。

——当然やろな。

私は叔母に申し訳ないことをしたと思った。それまでも連絡すらとっていない。あれから一年近くにもなる。手術代も借りたままだ。私はそれ以上、執拗《しつよう》にお願いすることは出来なかった。

妻とふたりで旅に出てから、すでに半年以上が経《た》っていた。いくら節約しても金はかかる。手持ちの現金は十万円を切っていた。この近くで入院するといっても金はない。

——そうはいっても、とにかく病院や。

妻にはっきりと言い出せないまま、日にちだけが過ぎていった。デパート通いは続いている。浜辺で海も眺める。時々だが職安にも寄る。しかし、私は前のように会話が出来ない。一緒にはいるものの、私は歯痒さばかり感じていた。

「ひとみ、沙織に会うか」

「会いたいわ」

妻の表情に笑みが広がる。

久しぶりのことだった。宝達丘陵を越え、北に向かう。

「もう一度、叔母さんに電話してくれんか」

羽咋《はくい》で娘と落ち合い、私は頼んだ。娘はその場で叔母に連絡をする。

私は電話に出なかった。直接お願いすべき私が話をしないのだから、叔母の返事はうやむやのままだった。

「どうするね、お父さん」

「しょうがないわ」

私も強く言えなかった。

「お母さんも嫌がってるしな」

妻は端《はな》から私たちの勧めに耳を貸さない。頑《かたく》なに入院を拒否していた。ただ、娘と会えたことだけを嬉《うれ》しがっていた。

「そうだけど……。お母さんは大丈夫なの」

「わしがしっかり面倒みるわ」

妻は病院に行かなくて済んだことを喜んでいた。少し離れたところで、しばらく孫をあやしていた。


「ひとみ、うまいやろう」

私はみかんの皮を剝《む》き妻の手に渡す。メロンをスプーンで掬《すく》い、妻の口に運ぶ。

「食欲の秋やからな」

妻は車の中で横になったまま、黙って口を動かしていた。

「これからは過ごしやすくなるからな」

妻は固いものが喉《のど》を通らなくなっていった。食事にも時間がかかる。私はなるべく果物を摂《と》らせるようにした。ひとつ千円するメロンを買い、妻に食べさせたこともある。それまでとはうって変わり、私は節約を止《や》めた。

「オッサン、気持ち悪いわ」

私は洗面器を持ち、用意する。

「ほら、ええよ」

背中をさする。

「楽になるからな」

妻は時々、戻すようになっていた。

「オッサン」

「どうした」

「もうデパートにも行けんな」

「そんなことないさ、良くなったらまた行くさ」

朝、必ず私は妻のために粥《かゆ》を作った。米から火にかけると、トロトロになる。

「こうするとうまいんやよ」

ボンゴの横でしゃがみ込み、ガスコンロの火を見続ける。私は時間をかけて調理した。

「食べたくなったらでええよ」

妻に聞く。しかし妻はそれを口にしなかった。

「無理せんでええさ」

しばらくしてから私は、妻の代わりに冷たくなった粥を食べる。

「オッサン……」

「何や」

「私は本当は悪性の癌《がん》やろ」

私は息が詰まった。

「何言うとるんや、大丈夫やって」

妻は何度も聞いた。私はそのたびに言葉を濁す。

その頃から私は、憑《つ》かれたように釣りをするようになっていった。氷見漁港の防波堤に車を停め、入江を向いて糸を垂らした。

夏から始めた釣りは、最初、時間潰《つぶ》しのため、何となく始めたものだった。

海岸には釣りの道具が捨てられている。私はそれを拾い集めた。釣り竿《ざお》を置く三脚、糸、そのうちパラソルやイスも手に入れていた。餌《えさ》のミミズは港の近くで売っていた。

「ほら釣れたよ」

夏の陽射《ひざ》しは強かった。くっきりと私の影を防波堤のコンクリートに落としていた。釣れた魚が暴れ、水滴が弾《はじ》けるように飛ぶ。

「ほら、ひとみ、ほら」

妻は時々、車から降りては私の様子を後ろから見ていた。私は魚を手で摑《つか》み、振り返っては妻に見せた。

「オッサン、その魚は何ていうんや」

妻が車の陰から私に聞く。

「何やろうな」

初めのうち、私は魚を逃がしていたものだ。

「かわいそうやからな」

食べることに抵抗があった。しかしそのうち鯵《あじ》などが釣れるようになり、私は塩焼きにして妻に食べさせた。たまに煮ることもあった。

妻は刺し身が嫌いだった。私も生はどうかと思い、火を通す。

「どうや、うまいか、ひとみ」

ついひと月前はそうしていた。今はもう、妻は魚を食べることが出来ない……。

秋の富山湾は曇りがちだ。

ぼんやりとした自分の影を、私は何となく見る。時々、青空が広がると、私は天を仰ぐ。宝達丘陵の紅葉が突然に、蘇《よみがえ》ったように目に映える。

——いつまでも日が出ているとええのにな。

思う間もなく雲が覆《おお》い、紅葉は急に色褪《いろあ》せる。

針にかかるたび、私は魚を逃がす。そしてまた、釣り糸を垂らす。

「何かあったら引っ張るんや」

蛙《かえる》のキーホルダーは妻が持っていたものだ。中は鈴になっている。妻は財布につけて、お守りにしていた。それを釣り糸に括《くく》り付け、車外に出した。糸の端は妻の枕元《まくらもと》。軽く引けば音がする。

「すぐ呼ぶんやよ」

私はそう言い残し、外に出る。釣り竿を手にひがな一日海に向かう。妻は車の中。狭い車内にふたりでいると話が暗くなる。車の内と外で、私たちはそれぞれに時間を潰した。

チリチリ、チリチリ……。

蛙は頻繁に私に知らせた。

「背中が痛いわ」

「水が飲みたい」

妻はしょっちゅう、私を呼んだ。私はそのたびに釣り竿を置き、車の中を覗《のぞ》いた。日毎《ひごと》に妻が弱っていくのがわかった。

「病院へ行こう」

「嫌や」

時々、その会話が繰り返される。どうしても入院費の話になる。私は申し訳なくなり、話はいつもそこで途切れた。

「一緒にいられなくなるわ……」

か細い声で、妻がぽつりと言う。布団《ふとん》に包《くる》まった背中が震えていた。私はどうしようもなくなって俯《うつむ》いた。何も言えず、妻に声もかけられず、腰を上げた。

外に出て、竿を垂れる。秋空を見上げる。

空は澄みきり、雲が薄く棚引いていた。

「オッサンといられれば、それでええ」

九ヶ月前に七尾で聞いた妻の声が、私の全身に響き渡る。

――しかし、ほっといたらひとみは……。

金の問題じゃあない、そんなこともわかってる。

水面《みなも》に目を落とした。

入江の海面は波立つこともない。穏やかに、柔らかい波紋を描き続けていた。

「大事にしてやらな、いかん」

結婚を決めた時、そう考えていたことが、しきりと頭を巡った。

「オッサン、トイレ……」

妻は五十メートル先の公衆トイレまでも、歩けなくなっていた。私は車を移動させては、トイレに連れていく。

――こんなに軽うなって……。

妻を支えながら、病気が進行していることを今更ながら知った。掌《てのひら》に触れるあばらがはっきりとわかる。妻の身体の脆《もろ》さを感じた。

「しんどかったら、寝てればええよ」

妻は助手席の後ろ、ボンゴのシートに臥《ふ》せたままになっていった。布団の中で一日を過ごす。

「寒くないか、ひとみ」

「平気や」

毛布を妻にかけた。

私はスーパーで紙オムツを買った。妻に穿《は》かせる。しかし、しばらくは紙オムツを脱がせてあげないと用を足せなかった。

「していいよ」

洗面器をあてがう。妻は力が入らない。用便にも時間がかかった。

「今、出来るからな」

私は果物を買ってきては絞っていた。

妻は食事をまったく受け付けない。わずかに果汁や好物のアイスクリームを口にする程度だった。便はほとんど水状になっていた。

その頃、車検が切れた。もう遠出は出来ない。氷見漁港の湾内を少し移動するだけになった。たまに近くのスーパーまで食料と紙オムツを買いに行く。

――この間のは痛がっとったな。

妻がギャザーが肌に当たって辛《つら》がっているのを思い出した。あまり痛がるからその部分を切り取ったこともある。

紙オムツにもいろいろ種類があった。私はいくつか手にとり、良さそうなものを選んだ。

「ちょっとの辛抱や」

オムツを取り替える。妻は背中が痛いと言って、心臓を下に横を向いて寝ていた。上手《うま》くしないと漏れてしまう。

「気持ちええか、ひとみ」

妻は頷《うなず》くだけだった。

妻の足は見る間に細くなっていった。私は朝晩と、三十分ほどかけて足をマッサージする。擦《さす》ってやり、関節を伸ばす。

「オッサン、ありがと」

妻がかすかに言った。

床擦れが起きないよう、一日に何度か身体《からだ》を動かす。ひどい時には十分おきに、姿勢を変えた。私は湯を沸かしては、身体をタオルで拭《ふ》いた。それからパウダーをつけた。妻の身体は肉が削《そ》げていった。腹だけが異様に張っている。

チリチリ、チリチリ……。

離れたと思う間もなく、蛙の鈴が私を呼ぶ。イスに座り釣り糸を垂れていた私は、その度にすぐ戻る。

妻にとっては昼も夜も関係ない。私はほとんど寝ずにいた。時々、運転席で仮眠をし、妻の足元で丸くなって休んだ。

それでも私は昼間は車外に出て、海を眺めていた。もう見慣れた光景を、いつまでも見ていた。一緒にいると辛い、近くにいながらも私は、弱っていく妻の姿を見ることを避けていた。

「治らないね、オッサン」

妻が言った。

「そんなことないさ」

私はそう返事するのが精一杯だった。

私は相変わらず折を見ては、病院に行こうと声をかける。しかし、妻は必ずそれを遮った。

「オッサン」

「何や」

「あそこの子、何て名前やった」

時々、私に尋ねる。妻は親戚《しんせき》の名を思い出せなくなっていた。

私が教えると、寝たまま枕元に置いたティッシュの箱に書き留める。そして「ありがたい」、よくそう口にした。ティッシュの箱には崩れた文字が並んでいった。すべてひらがなだった。

「ひとみ……」

妻はすぐには答えられなくなっていた。焦点も朧《おぼろ》げだ。

「ひとみ、一度でええから一緒に病院へ行こう。悪いところを診てもらおう。大丈夫や、きっと、きっと治るから。ひとみはまだ若いんやから」

妻がわずかに口を動かす。

「もうええから」

妻はそう答えるようになっていた。

「もう、最後になってもいいし」

そう言ったのは十一月の半ばだったか……。

「一緒にいられればいい」

その言葉を繰り返すだけになった。

――このまま終わらせてやりたい。

私はそう考え始めていた。

「転げまわるくらい痛かったら病院へ行こうな、ひとみ」

自分の身体だから、痛くて我慢できなければ言うだろう、そうも思った。

「殺してくれたほうが楽や……」

妻はそう言った。

一九九九年十一月二十一日。妻は一日中、布団の中で唸《うな》ってばかりいた。

妻のその言葉が一瞬理解出来ず、私は耳を疑った。

——今、何いうたんや……。

私の頭は錯乱し、まともに思考が出来なかった。言葉など出ない。

——何いうたんや……。

そのひとことが、頭の中で激しく何度も鳴り響く。私は目眩《めまい》を催した。

……しかし、妻は確かに一度だけそう口にした。

私が妻の足にパウダーを塗っている時のことだ。身体の向きを変えたその時だった。

私は答えようがなく、黙って足のマッサージを続けた。

しばらくして私は異変に気づいた。妻の手首に血が滲《にじ》んでいる。

「どうしたんや」

「切ろうとした」

T字剃刀《かみそり》が傍らに落ちているのが見えた。浅い傷だった。もう血は止まっていた。

私は決心して言う。

「やっぱり病院へ行こうや、ひとみ、な」

「嫌や」

かすかに言い返すだけだった。ようやく聞き取れるほどの声で……。

「だって、おなか、痛いんやろ、な、病院へ行こう」

「嫌《いや》やよ、オッサン……」

妻はもう声もほとんど出ない。涙が肉の削げた頬をつたう。私はじきに、何も言えなくなる。怒ることも出来ない。泣くことも出来ない。何度も繰り返されて来た会話が、再び宙に浮くだけだった。

それまでに私は、何度か運転席でアクセルを踏もうとしていた。

——今日こそは病院へ行くんや。でないと、ひとみは……。

そう決意し、伝えようと振り返って見ると、妻は泣いている。私はそのたびに諦《あきら》め、外に出ては釣りをした。天を仰ぎ、海を見つめた。

私は怖かった。妻が死んでいく、そのことに向き合うことから逃げていた。面倒を見ながらも、私はそれ以外の時間、海に向かってばかりいた。

しかし、この日を境に私はもう釣りを止《や》めている。

――ようわかった……。

私は三筋の赤い血の跡を見ながら、決めていた。

――わしはもう逃げちゃいかんのや。

妻を前に思う。

翌日からは一日中、妻の傍にいるようになった。

トイレに行ったり洗濯をしたりする以外は、車の後部座席で妻と過ごした。世話をしていない時には手を握り、私も隣で横になっていた。会話はほとんどない。時々、顔を向けては目を合わせた。

そしてその日から十日が経《た》った……。


午前中の港には活気があった。

セリの声がマイクを通して響いている。小型の漁船が、エンジン音を轟《とどろ》かせては戻ってくる。白い波がカーブを描いて、あちこちに立ち上がった。穏やかな群青色《ぐんじょういろ》の海面はにわかに波立った。

――もう九ヶ月や……。

その日も車は漁港を挟んだ防波堤に停めていた。振り返れば富山湾が広がる。テトラポッドの向こう、対岸に立山連峰が霞《かす》む。

よく肥えたカモメが上空を飛んでいた。うるさいほどに鳴いている。時折、餌《えさ》を見つけたのか、何羽もが競うようにして急降下し、一ヶ所に群れていた。一羽が群れを抜けると、後を追うようにして他も羽ばたく。そして曇り空のもと、ゆっくりと旋回を続ける。

「乾かんかったら、夕方、コインランドリーへ行かんとな」

妻の返事がかすかに聞こえた。

一九九九年十二月一日――。

漁港の公衆トイレに、私は洗濯をするため向かった。私のシャツ、下着、靴下、妻に着せるTシャツを洗った。

――ずいぶんと疲れてきたのお。

綻《ほころ》びが見える。出来れば新調したいと考えた。

――最近、デパートにも行っとらんな。

妻のために何か買いたいと思った。フロアをゆっくり歩く妻の夏の姿を、少し思い返す。

「今から干すわ」

車に戻り、暗い車内に声をかけた。濡《ぬ》れたままの洗濯物を、ナイロンの袋からひとつずつ取り出す。

昼を過ぎ、入江の向こうの市場はがらんとしていた。つい今しがたの騒ぎが夢の中のことのように静まり返っていた。

冬の富山湾は一日中、厚い雲が空を覆《おお》う。時々、小雪が舞う。夏の間、あんなに眩《まぶ》しかった海面も、今は静かにたゆたうばかりだった。

鼠色《ねずみいろ》の雲の間から、太陽が少しばかり覗《のぞ》いた。私は釣り用の三脚を組み立て、ハンガーに通した洗濯物を干していった。

――乾くやろか。

空を見上げた。

――少しでも日が出ているうちや。

毛布も外に出す。

三十分ほどかかっただろうか。ようやく干し終わり、私は運転席から覗いた。

「ひとみ、どうや」

私はいつものように声をかけていた。

――返事はなかった。

私は慌《あわ》てて後部座席に擦り寄り、妻を見た。妻は車の尻《しり》の方に頭を向けていた。白い布団《ふとん》の端から、少し頭が見える。短く刈った髪が寝癖で変にカーブしていた。

私は倒れそうになりながら枕元に顔を寄せた。妻は枕に顔を半分、伏せていた。

「おい……」

言葉が続かない。私は代わりに何度も何度も妻の名前だけを呼んだ。

妻は目を見開いたままだった。瞼《まぶた》にそっと触れる。掌《てのひら》に睫毛《まつげ》が当たる。

「ひとみ……」

布団の上から揺する。ゆっくり、そして次第に激しく揺らしていた。しかし妻は首が据わらず、両腕はだらしないほどに垂れていた。肩に手をかける。肩の骨が手にあたる。布団がめくれ、白い腕が覗いた。

掌が何かを握るように、強く閉じていた。私の指は固く震えていた。

薄い紫色のパジャマが少し色褪《いろあ》せて見える。突然、私は妻を抱き寄せた。力一杯、抱き締めた。一気に涙が溢《あふ》れた。

「すまんかったな……」

私は何度もそう呟《つぶや》いていた。

妻はまだ温かかった。私は細くなった身体を胸全体で感じていた。

――本当なのやろか。

見よう見真似《みまね》で脈をとる。瞳孔《どうこう》を覗く。変化がわかるわけもない。目を瞑《つむ》らせようと、瞼に手を当て続ける。しかし、妻の目は閉じることがなかった。

妻の顔は片方の頰だけが釣り上がり、歪《ゆが》んでいた。

「痛かったんやな」

ひとみは我慢していたのだろう、最期《さいご》の時、歯を食いしばり、そのまま逝《い》ったのだろう……。

私は涙を拭《ぬぐ》うことも出来ず、妻の頰を撫《な》でていた。掌に強張《こわば》った筋が触れた。

一瞬、妻の怒った顔を思い出す。あれは飲み屋に私を迎えに来た時やった……。

風景がぐるぐると頭の中をよぎる。七尾、富山、鳥取、静岡……。妻の顔が浮かんでは消えた。姫路、岡山、長野、甲府……。一緒に訪ねた町の風景が蘇《よみがえ》る。

「いろんなところへ行ったな」

私は妻に語りかけていた。

「仙台では桜を見たのう」

跡切《とぎ》れ跡切れにしか声が出ない。

「富士山が見えてよかったな……」

私はしばらくそうしていた。

枕元には亀岡で買ったスカートが、包装紙に包まれたまま置かれていた。

「仕事が決まったら穿《は》いていく、言うてたのにな」

妻の顔を撫でながら、私は外に広がる富山湾へ目をやった。

「見えるか、ひとみ」

厚く暗い雲が沖に垂れ籠《こ》め、遠く立山連峰は白く煙っていた。

「毎日、夕日を眺めたな」

日本海が目に滲んだ。

「今、きれいにしてやるからな、ひとみ」

布団に寝かせ、着衣を静かに脱がした。洗面器に水を張り、タオルを浸す。津幡で汲《く》んできた水だ。固く絞ったタオルで身体を拭《ふ》いた。

「細うなって」

紙オムツを外した。骨ばかりになった細い足が目に映る。

妻は下血していた。肛門《こうもん》が開いている。私はそれを丁寧にぬぐい、新しいTシャツを取り出した。そして花柄のパジャマを着せた。

「寒いやろ」

靴下を穿かせる。白い靴下だった。布団を掛け、髪に櫛《くし》を通す。三日前、私が切ったばかりだった。

——わしがあげた指輪や。

妻は結婚記念日に私が贈ったファッションリングをはめていた。

——確か四万円くらいやった……。

私は何度も妻の瞼を閉じさせようとした。何度も何度も試みた。

「ひとみ、目を瞑れよ」

波は穏やかに続いていた。かすかに潮の音が聞こえた。

終章　喪の時

私が警察署から出てきたのは、十二月二十二日のことだった。妻の亡骸《なきがら》と共に津幡に帰った私はパトカーに乗せられ、そのまま逮捕されていた。

不起訴処分になったのは二十日後のことだ。私はその足で、妻の骨が安置されている寺に行った。金沢にある寺だった。静かに手を合わせる。

妻は供養塔《くようとう》に入っていた。寺の好意だった。

——人にはいろいろ理由があるんやな。

供養塔を見上げながら、私はそう思った。

先祖の墓に納骨してもらえない人、行き倒れで身元が分からない人、そして妻のようにまだ墓がない人……。何人の人が、この中で眠っているのだろう。

「ご主人、見ておやりなさい」

住職が言った。私は妻の骨壺《こつつぼ》を手にとった。

妻の骨はきれいで白く、小さかった。触れば崩れてしまいそうに、頼りなかった。

——ひとみ、ここなら安心やな。

毎日、お経も上げてもらえる。花だって替えてくれる。私はたびたび訪ねて来られないけれど、ここなら妻も寂しくないだろう。でもいずれ、妻のために墓を建てなければならない、それまで我慢しておくれ……。

私は骨壺に入った妻の骨を前に、何度も何度も誓った。

私は葬儀に立ち会っていない。妻の骨も拾っていない。病院へ行かず最後の最後まで付き添ってやろうとしたけれど、結局、別れの場所に付き合ってやれなかった。

私の中ではまだ、けじめがついていない……。

ボンゴの中は二十日前のままだった。ここだけは時間が止まっていた。荷物の整理を始めた私はひとつひとつ手に取りながら、感慨に耽《ふけ》った。

——ほんとにいなくなってしまったんか。わしのいない間に。

時折、我を忘れ、涙を流した。

こまごまとしたものの処分を済ませ、妻のいた場所を整える。妻の枕《まくら》に、疲れたような凹《へこ》みが目に付いた。私はその裏側に一枚の紙切れを見つけた。

さおりへ
いつもけんかばかりでいじめて　ごめんね
けんかするほどなかがいいと　おもってね
ほんとうにわるい事したと　こうかいしているから
うらんでるとおもうよ　ごめんね
今になってはんせいしても　おそいね
ほんとうに　ごめんね

ボールペンでとぎれとぎれに書かれていた。皺《しわ》が重なり、文字は擦れていた。私は大泣きしていた、誰にはばかることなく。

いくら堪《こら》えても、嗚咽《おえつ》が喉《のど》から漏れた。

——わしは何もしてやれんかった。

息が出来ない。苦しくて胸が潰《つぶ》れそうだった。

——おかしいわ。わしはひとみのことを、好きや言うたこともないのにな。

私は混乱し、狭い車の中、のた打ちまわった。

人はこんなに泣けるものなのか、変に落ち着いてから、私はそう思った。

「お父さん、いいんやって、うちに来たらええんよ」

妻の手紙を渡す私に、娘がそう勧めてくれた。

——沙織も辛《つら》いやろうにな。

娘は事件のことに触れなかった。

——沙織も立派になったわ。

私は驚いていた。いつのまにか娘は強くなっていた。

自己破産の手続きは、私がいない間にも進行していた。行き先も告げず、また連絡も取らず、九ヶ月の間、妻と旅した私は、弁護士から叱《しか》られた。

「やる気あるんですか」

弁護士と申請の書類を作らなければならない。裁判所の聞き取りも始まる。

「いつでも連絡が取れるようにして下さい」

他に行く所があるわけでもない。

妻が亡《な》くなってから、何事にも億劫《おっくう》になっていた。どこかに家を借りるのも面倒だ。

仕事もない。娘夫婦には不便をかけるが、私はやっかいになることにした。

山間《やまあい》の町だった。七尾線の無人駅。駅前には喫茶店が一軒あるだけで、そこから大きくカーブした道沿いのアパート。そこが娘たちの住まいだった。

娘たちは忙しかった。

若い夫婦は朝早くアパートを出て、夫は牛乳の製造、妻はデパートで雑貨売り、夕方まで帰ってこない。二つになった孫娘は保育園に預けられていて、私はひとり昼を過ごした。

することもない……。

いつまでも妻のことばかりが思い出される。

外は細かい雪が音もなく舞っている。静かな町だった。何の物音もしない。車の通る気配もしない。

妻の位牌《いはい》は箪笥《たんす》の上に設《しつら》えた。私は気がつくと、決まってその位牌の前にいた。

何を見るともなくテレビをつける。昼の番組はドラマの再放送が多かった。見たこともないドラマを、ぼんやりと眺める。

どんな筋なのか、まるで頭に入らない。若い俳優が喋《しゃべ》る科白《せりふ》も、耳を素通りしていくだけだ。そして我に返ると必ず、画面から目を逸《そ》らし、俯《うつむ》いている自分がいた。

「ひとみ……」

頭の中を、妻の顔がぐるぐるとまわっている。

「わしはもう駄目や……」

同じ言葉がまた口を出る。そして、妻の顔が消える。私は動くことが出来なくなって、下を向いたまま震えていた。

夕方、みなが帰宅しても、妻のことは頭からは離れなかった。

「ばあちゃんは、もういないんやよ」

よく私は、胸の中で傍らの孫に話し掛けていた。

――この子は、ひとみがいなくなったことをわかっているんかの。

孫がスプーンで粥《かゆ》を掬《すく》う。手元も覚束《おぼつか》ない。私は畳にこぼれた粥を、タオルで始末する。畳を拭《ふ》きながら、思わずまた、涙がこぼれそうになる。妻を世話した日々を思い出す。

特に、昼間はどうしようもなかった。妻のことをこれほど考えたことはない。しかも、ひとりだから我慢がきかない。

ぼうっとしている時間が多くなっていった。テレビをつけるのも、かえって逆効果になっていた。

ドラマでは悲しい場面が多かった。必ず誰か泣いている。筋がわからなくても、もうそのシーンを見ただけで駄目だった。つられて、突然、涙が溢《あふ》れる。

——ひとみに辛い思いばかりさせた。

その悔しさと同時に、いつまでも落ち込んでいる自分が情けなかった。

——家にいたら、おかしくなる。

近所の目はあるけれども、私は外に出るようになった。

散歩しては時間を潰《つぶ》した。人がいる場所には行く気がしない。私は田圃《たんぼ》や山の中をうろついた。神社にもよく行った。人気《ひとけ》のない、小さな神社だった。

住宅から離れた細い道を、ぷらぷらと歩いた。田圃の向こうの幹線を、時たま、車が行く。幸い、人とすれ違うことはあまりなかった。妻のいる気配がして、よく横を向いた。そしてひとり、初めて寂しさを知った。

神社は山の中腹にあった。車で行けばわけない距離も、歩いていくから時間がかかる。ボンゴはもう廃車になっている。時間を持て余した私には、むしろそのほうがよかった。雪の中、ひとり歩く。

道端に咲いている花を摘む。

——ひとみの霊前に供えよう。

妻の位牌は、いつも野の草花に包まれた。

しばらくして、私は駅に行くようになった。その頻度は日を追って増えていった。駅はいつでも、がらんとしていた。古い木造の平屋だった。

北側に小さな川が流れている。なだらかな山はうっすらと雪を被《かぶ》り、薄い陽がぼんやりと射《さ》していた。雪が風に舞っていた。

数段の階段を昇る。誰もいない待合室。ガラスケースの中に地元の名産品が飾られていた。日本酒や衣類には少し埃《ほこり》が付いていた。

壁には地元の子供たちの描いた絵が貼《は》ってあった。

〈交通ルールを守ろう〉

〈あいさつを忘れずに〉

〈感謝の気持ちを持とう〉

部屋はそこだけが明るく、派手な色の文字が躍っていた。オカッパ頭の少女のイラスト、その口が大きく笑っていた。

アルミのドアを開け、ホームに出る。枕木は雪に覆《おお》われ、ところどころ茶色の土が覗《のぞ》いていた。深い深い焦《こ》げ茶色《ちゃいろ》の地肌だった。

一時間に二、三本、二両編成の電車が停まる。乗る人も降りる人もまばらだった。

私はベンチに座ることもなく、その様子を日がな眺めた。電車の行く先に目をやった。電車は行く。すぐに駅には、静寂が訪れる。

線路は田圃の中を右手に大きくカーブして、山の方向に消えていた。私はいつまでも、その方向を見ては溜《た》め息《いき》をついた。山の向こうに思いを馳《は》せる。やがてホームの灯火が点《つ》き、私はアパートへの道のりを歩き始める。

能登の冬は日が短い。夜の帳《とばり》は静かに降りる。街路灯の下を、雪がきらきらと光る。

突然、私の目の前に夏の氷見港が現れる。

海面の無数の輝きが雪の反射にだぶる。木陰で寛《くつろ》ぐ妻がいる。妻の顔は笑顔だ。その後で立山連峰が煙る。海岸の賑《にぎ》わいが近く、そして遠く聞こえる。

真冬だというのに、夏を思い、妻を思った。しかし、私が今いるのは、雪降る能登だ……。

深い静寂がどこまでも続いていた。家々の灯りがほんの小さな瞬《また》きとなって、闇《やみ》の中に点在する。私はもう一度、駅舎を振り返った。

街路灯に照らされ、細かい雪が真横に流れている。淡い明かりの中、駅舎がぼうっと浮かんでいた。

「スコップ持つときゃ、出来るだけ短く持つんや」

真っ黒に日焼けした年配の人が言った。

「こうや、こう掬うんや。そのほうが身体《からだ》が疲れん」

その人は、私よりいくぶん年上に見えた。ヘルメットの下、顔には皺《しわ》が深く刻まれていた。

ショベルカーの、低く重いエンジン音が唸《うな》っている。土埃が舞い、視界が利《き》かない。足場は瓦礫《がれき》の山。タオルで被《おお》った自分の口から、荒い息が漏れているのがわかる。炎天下、遮るものなど何もない。

また、夏がやってきていた。私は住宅の解体作業の現場にいた。

スポーツ紙の求人広告で見つけた仕事だった。

〈日払　寮完備　50歳位迄《まで》……〉

細かい文字が枠いっぱいに詰め込まれた、小さな広告だった。

〈運免優　細面　急募〉

私は追い立てられているような気がした。

娘のところにいるのが辛くなって、家を出ていた。自然と、身体が氷見に向かった。氷見の漁港、そこで手を合わせたい。気が付くと、七尾線に乗っていた。

羽咋、宝達、津幡、高岡……。しかし、氷見線に乗り換えることは出来なかった。

——まだや。まだあそこには行けない。

窓の外にちらりと見慣れた町並みが見えた。

——ひとみとここで暮らした……。

風景は間もなく過ぎていった。私はそのまま富山に向かった。娘の家でぼうっとしていてはいけない。この後悔と懺悔《ざんげ》の気持ちを、何とか前向きにして生きていかなくてはいけない。現実を私は生きていかなくてはいけない。妻のことを思いながら……。

こうして私なりの、巡礼の日々が始まった。

——まず働くことや。身体を使うことや。

スポーツ紙に給料がいくらと書いてあったのか、よく覚えていない。会社と寮は金沢にあった。電話した翌朝、私はトラックに乗っていた。

初仕事は、古い民家の解体だった。突然決めたから、私は作業服の用意もない。穿《は》いていたスラックスに、いつもの革靴だった。軍手すら持っていなかった。覚束ない腰付きで私はスコップを持ち、崩したコンクリート片を掬った。しゃがみ込んで塊を素手で抱えては、トラックの荷台に放り込んだ。汗でべた付いていた両手は、すぐに血だらけになった。

ショベルカーの排気が熱さを増した。サウナの中を泳いでいるようだ。身体中が火照《ほて》り、体温が上がっていくのがよくわかった。靴の中が汗で滑る。息があがる。強い陽射しが照りつけ、再び埃がもうもうと上がった。

もう何も考えられなかった。

目の前に転がるコンクリートの塊しか、私の目には映らない。

「そこ、気ぃつけい。危ないぞ」

目の前に鉄の大きなショベルが迫っていた。泥がこびり付いて表面は岩のようだった。

飯場の朝は早かった。まだ薄暗い早朝、私は決まって寝床で筋肉痛に悩まされた。身体が重い。他人の身体のようだ。スムーズに起き上がることも出来ない。顔が歪《ゆが》む。腰に手を当てながら、便所に行く。

前の晩に買っておいたコンビニの弁当。冷えた飯が少し固い。同僚たちが徐々に起きる気配のする中、茶で流し込むようにして食べた。ただでさえ、食欲はない。疲労が重なって飯が喉《のど》を通らない。でも食わなければ体力が続かない。

肉体労働など、初めてのことだ。私は縫製の仕事しか、経験がなかった。

朝六時、朝礼が始まる。市内の数ヶ所の寮から集められた男ばかり、百人ほどがいた。三人一組に機械的に振り分けられ、トラックで移動する。まだ早い時間なのに、現場に着く頃にはもう茹《う》だるような暑さだった。

安全のためのヘルメット、怪我《けが》を出来るだけ避けるためにシャツは長袖だ。あっという間に頭から身体から、汗が噴き出す。滝のような汗を流しながら、作業は日が沈むまで延々と続く。

「夏場が辛抱じゃ。我慢せい」

親方が言った。

「それが出来れば、もう、どんな辛い時にも耐えられるけ」

実際、夏の現場は地獄だった。

古畳をまくり、現場を囲むように塀を作る。家の中のものをすべて外に出す。屋根に登り、瓦《かわら》を一枚一枚剝《は》がしては、下へ落とす。そして重機が大きな音を立てながら、壁と柱を壊していく。

目の前が見えなくなるくらい、埃がまたあがる。新人の私はよく咳《せ》き込んだ。

埃を抑えるために、ホースで水を撒《ま》く。その仕事が一番楽だった。自分も水を浴びる。しかし、焼けた肌にいくら水をかけても、すぐに乾いてしまう。そしてまた、じりじりと肌が焼ける。首筋が腫《は》れ上がるように痛い。

後はひたすら、肉体労働が続く。重機のショベルにぶつからないよう気を付けて、コンクリートの塊や土壁、木片を拾っては投げる。腰がすぐに悲鳴を上げる。

昼飯は日陰に隠しておいたコンビニの弁当だ。少し温かくなっている。

「一年前の今時分は、氷見におったな」

手帳に挟んだ妻の写真に語りかけた。

「猿はどうしておるやろな」

昼飯を食う時だけ、落ち着けた。

寝泊りは寮が用意されていた。三畳ほどの個室だった。

洗面所で顔を洗う。タオルは泥を拭《ぬぐ》ったようだった。洟《はな》をかんでも真っ黒だ。洗濯機の水もすぐに濁る。

夜も更《ふ》けてくると、ほうぼうで酔った同僚たちが叫び始める。喧嘩《けんか》もしょっちゅうだ。名前も素姓もまったくわからない。ある日、突然いなくなっている人もいた。私は布団《ふとん》に包《くる》まり、彼らの怒鳴り声を聞きながら、眠りに落ちていく。

私は身体を酷使した。取り憑《つ》かれたかのように、瓦礫の塊を拾い続けていた。そのうち、腰がおかしくなった。にっちもさっちもいかなくなった。風呂場《ふろば》で腰を揉《も》むのが日課となったが、もう回復はしなかった。

やがて腰は動かなくなった。普通に歩くのさえ、しんどくなった。

現場には雪がちらつき始めていた。

「もう限界やな」

就寝前、枕元《まくらもと》の妻の位牌《いはい》に語りかける。娘の家を出る時、持って来たものだった。

「ひとみ、もうええか、辞めても」

十一月に入り、私は金沢を後にした。

黒いスポーツバッグを両手に、私は京都に降りた。東海道線のオレンジ色の列車が、後ろに消えていく。

空は秋晴れだ。白い雲が棚引いていた。

夏から秋にかけて飯場で働いた後、私は姉のもとに身を寄せた。

「ひとみ、光明寺やぞ」

取っ手を持つ手に力が入る。

バッグの中には衣類、そして妻の位牌が入っている。

「見てみい、きれいやな」

参道で私はしゃがみこみ、バッグに手を置いた。そして参道を見上げる。

十一月の光明寺は、紅葉が色付き始めていた。参道の両側はところどころ、真っ赤に染まっていた。後ろに聳《そび》える山並みも、斑《まだら》に燃えていた。

「ひとみ、あん時は桜もまだやったな」

そうだ、あの時はボンゴで来たのだった。助手席に妻はいた。窓の外を見てばかりで、ぽつりぽつりと話したことしか記憶にないが……。

「もう一度、やり直せる」

私は私で、妻を前にそんな言葉ばかり繰り返していた。

途中、東尋坊では海を見た。雪がちらちらと、落ちていたのを覚えている……。

妻が亡《な》くなって、一年が経《た》とうとしていた。月が変われば、すぐに妻の命日が来る。

光明寺は妻と旅立って、最初に訪れた寺だった。命日が来るこの時期、私は京都に妻といたかった。

季節の違いはあっても、風景は変わらない。参道からまっすぐに御影堂《みえいどう》、その途中に法然上人《ほうねんしょうにん》の銅像。妻と一緒に読んだ、由来の看板もそのままだ。光明寺は西山《せいざん》浄土宗の総本山だった。

「オッサン、由緒《ゆいしょ》あるお寺やね」

「鎌倉時代に出来たんやな」

確か、妻とそんなことを話した。妻は私の後を付いて来た。賽銭《さいせん》をあげ、並んで手を合わせた……。

――しかし今は、私ひとりだ。

読経《どきよう》の声が聞こえた。お堂の中からだった。何かの法要のようだった。

一族が集まっているのだろう。年寄りから子供まで十数人が、僧侶《そうりよ》の後ろに座り、手を合わせていた。私はその畳敷きの部屋の隅に正座した。同じように手を合わせた。

「ひとみ……」

そっと呟《つぶや》いた。

その日から光明寺参りは、私の週に一度の行事となった。いつの日も決まって法事はあった。畳に正座し拝んでは、読経が始まるのをひとり待った。半日待つこともあった。

読経が始まる。しかし、私はお経を知らない。ただひたすら手を合わせ、祈るだけだった。妻のことを思い、妻のために祈った。

私の座る場所はいつも決まっていた。広いお堂の一番隅、小さな仏像の前だった。その仏像は座って手を合わせていた。誰を象《かたど》ったものなのか、いつごろ彫られたものなのか、私にはわからない。身代わり仏なのか、参拝客が仏像に触れて行く。頭を撫《な》でる人、膝《ひざ》を撫でる人、肩に触れる人、みな、その後に、拝んでいく。その首には数え切れないほどの数珠《じゅず》が掛けられていた。

私もそこに数珠を掛けた。妻の使っていた白い珠《たま》の数珠だった。淡いピンク色の糸で結ばれている。妻が亡くなり、娘夫婦の家で世話になっている時、見つけたものだ。それからは、ずっと持っていた。金沢の飯場に寝泊りしている間も一緒だった。

――思い出の場所や。何かひとつくらい置かしてもらおうや。

妻に相談している気がした。

――ひとみ、お経が聞こえるか。

数珠はいつもここにあって、毎日、お経を聞くだろう。きっと、数珠を通して妻のところにも、お経の声が届くに違いない。そうしたら寂しくない……。

私はお参りに行くたびに、門の傍らに石を載せた。小さな石を敷居の上に隠すように載せた。

ひとつ、ふたつと増えていった小石は、そのうちいっぺんには数えられなくなった。

私は今、再び能登に戻っている。

娘夫婦もあれから引っ越した。幸いにも町営住宅の抽選に当り、前よりも少し広い家になった。孫もひとり増えていた。

婿《むこ》が実家からミシンを借りてきた。私は久しぶりにミシンを踏んだ。ふたりの孫娘のために部屋着をこしらえた。私のポロシャツから生地を取った。

――こういう形でまた役に立つとはな。

私は思わず笑った。

縫製工場への再就職は出来なかった。私の工場も、もう二度と再開はしまい。しかし、今、私が三十年続けてきたことが、こうして人のために役に立つ。カーテンも布団カバーも私が縫った。新しい家は明るい色の布地で溢《あふ》れている。

ミシンを踏んでいると思い出す。暖かい陽だまりに溢れた、あの工場を。カタカタ、カタカタ従業員たちの顔、そしていつもその輪の中に妻がいたことを。

という心地よい響きが、私を過去へと引き戻す。

孫娘の食事の世話も私の仕事となった。若い夫は、一足先に家を出る。娘は傍らで保育園への連絡帳に、保母さん宛《あ》てのメッセージを記入している。

孫は毎朝のように私に尋ねる。

「ひとみばあちゃんは、どうしていなくなったの」

上の孫は言葉を覚えるまでに成長していた。

――ひとみにこの子らの姿を見せてやりたかったわ。

ふたりの孫の頭を撫でながら、思う。

「ひとみばあちゃんはな、天国へ行ったんやよ」

「ふーん」

スプーンで器用に、飯を口に運ぶ。スプーンは妻が買ってきて、しまってあったものだった。食器と揃《そろ》いの、マンガが描いてあった。

――「サティ」で買ったんやったな、ひとみ。

妻の言葉をまた思い出す。

「ひとみばあちゃんは、いつも空から見てるよ」

「ほんとに」

「ああ、だからいい子にせんとな」

私はいつもそう説明する。

上の孫は私のことを「ひとみじいちゃん」と呼ぶ。

物心がつき始めたあの頃、私はほとんど近くにいなかった。長野、富山、新潟……、金策のために放浪を繰り返していた。妻はその間も孫と一緒だった。その頃は孫に会えば、普通に「じいちゃん」と呼ばれていたのだが、いつのまにか呼び方が変わっていた。

妻はこうして名前の中に生きている。

私は感謝した。亡くなって二年経っても、妻は孫の中では死んでいない。幼い日の記憶だ、通常ならば記憶から消えているはずの妻は、こういう形で孫の中で生き続けていく。そして私は妻があって初めて、孫に認知されている。

孫とトランプしたり、カルタをしたりして遊ぶ。

「ひとみじいちゃん」

孫が私に呼びかけるたび、妻と一緒にいるような感覚に包まれる。

「ん、どうした」

「ひとみじいちゃんは、いなくならないよね」

「大丈夫や……」

昼間、誰もいない家で、私はひとり過ごす。

しかし、今はやることがいっぱいだ。息つく暇もない。

掃除、洗濯、買い物、炊事……。午後も三時を過ぎれば夕食の支度だ。魚を焼いたり煮たりする。この間は肉じゃがを作ってみた。

料理しながら、また妻を思う。

こうして妻のために魚を焼いた、あの氷見の港を。

チリチリ、チリチリ……。

蛙《かえる》の鈴が鳴ったような気がして、私は振り返る。

「もう秋やよ、ひとみ」

箪笥《たんす》の前に座り、位牌に語りかける。

あの港、島尾の猿、夏の陽射《ひざ》し……。

いつか氷見に妻の墓を建てよう、いずれ私もそこに入る。

海の見える、その墓に――。

本書は、「新潮45」二〇〇〇年十一月号、十二月号に掲載後、大幅に加筆してまとめたものである。

高山文彦著
地獄の季節
「酒鬼薔薇聖斗」がいた場所

あの連続児童殺傷事件は、単なる「異常者」少年Aの引起した「特殊な犯罪」にすぎないのだろうか？　時代の深層を浮彫りにする。

高山文彦著
「少年A」14歳の肖像

一億人を震撼させた児童殺傷事件。少年Aに巣喰った酒鬼薔薇聖斗はどんな環境の為せる業か。捜査資料が浮き彫りにする家族の真実。

佐野眞一著
カリスマ（上・下）
―中内㓛とダイエーの「戦後」―

戦後の闇市から大流通帝国を築くまでの成功譚と二兆円の借金を遺すに至る転落劇――その全てを書き記した超重厚ノンフィクション。

城山三郎著
打たれ強く生きる

常にパーフェクトを求め他人を押しのけることで人生の真の強者となりうるのか？　著者が日々接した事柄をもとに静かに語りかける。

「新潮45」編集部編
殺人者はそこにいる
―逃げ切れない狂気、非情の13事件―

視線はその刹那、あなたに向けられる……。酸鼻極まる現場から人間の仮面の下に隠された姿が見える。日常に潜む「隣人」の恐怖。

「新潮45」編集部編
殺ったのはおまえだ
―修羅となりし者たち、宿命の9事件―

彼らは何故、殺人鬼と化したのか――。父母は、友人は、彼らに何を為したのか。全身怖気立つノンフィクション集、シリーズ第二弾。

尾嶋義之著
志村正順のラジオ・デイズ
野球の巨人対西鉄、相撲の栃錦対若乃花。昭和三十年代のスポーツの名勝負は、この名アナウンサーの実況中継で更に盛り上がった！

岡田信子著
たった一人の老い支度 実践篇
一人でも（だからこそ？）楽しく、賢く、堂々と生きよう。老いと向き合う年代を笑って乗り切るための、驚きと納得のマル得生活術。

近藤唯之著
運命の一球
プロ野球にも人生にも、その後の運命を変える一瞬がある。勝負の世界に生きる男たちの人生の変転を鮮やかに描き出す人間ドラマ。

谷沢永一著
人間通
一読、人生が深まり、良き親友を持った気持ちになれる本。人とは、組織とは、国家とは。一世風靡の大ベストセラー、待望の文庫化。

ねじめ正一著
二十三年介護
57歳で脳溢血に倒れた夫の介護を、明るく前向きにやり遂げた母の記録――。介護の実際を温かい筆致で描いた、「家族の物語」。

松本昭夫著
精神病棟の二十年
電気ショック、インシュリン療法、恐怖の生活指導……。二十一歳で分裂病に罹患、四十にして社会復帰した著者が赤裸に綴る異様な体験。

死《し》にゆく妻《つま》との旅路《たびじ》

新潮文庫　し-52-1

平成十五年九月一日発行
平成十六年二月十日三刷

著者　清《し》水《みず》久《ひさ》典《のり》

発行者　佐藤隆信

発行所　株式会社新潮社
郵便番号　一六二―八七一一
東京都新宿区矢来町七一
電話　編集部(〇三)三二六六―五四四〇
読者係(〇三)三二六六―五一一一
http://www.shinchosha.co.jp

価格はカバーに表示してあります。

乱丁・落丁本は、ご面倒ですが小社読者係宛ご送付ください。送料小社負担にてお取替えいたします。

印刷・二光印刷株式会社　製本・株式会社植木製本所

ISBN4-10-118621-9 C0195